絶望鬼ごっこ

ねらわれた地獄狩り

針とら・作
みもり・絵

集英社みらい文庫

桜《さくら》ケ《が》島《じま》小《しょう》学《がっ》校《こう》の生《せい》徒《と》たち

6年《ねん》2組《くみ》

宮原《みやはら》 葵《あおい》

学年一《がくねんいち》の秀才《しゅうさい》でしっかり者《もの》。おせっかいでおてんばだが、密《ひそ》かに男子《だんし》から人気《にんき》。

大場《おおば》大翔《ひろと》

正義感《せいぎかん》が強《つよ》く、友達想《ともだちおも》い。ふだんは母親《ははおや》と妹《いもうと》と3人《にん》で暮《く》らしている。

桜井《さくらい》 悠《ゆう》

大翔《ひろと》の幼《おさな》なじみで親友《しんゆう》。小《こ》柄《がら》でマイペース。運動《うんどう》は苦《にが》手《て》だけど、ゲームは得意《とくい》。

6年《ねん》1組《くみ》
杉下先生《すぎしたせんせい》
元《もと》・桜ヶ島小学校《さくらがじましょうがっこう》の教師《きょうし》。さわやかな容姿《ようし》で人気《にんき》があったが、その正体《しょうたい》は「黒鬼《くろおに》」。
伊藤孝司《いとうこうじ》
読書《どくしょ》好《ず》きでふだんはおとなしい性格《せいかく》だが、やるときはやる男子《だんし》。和也《かずや》と仲《なか》よし。
荒井先生《あらいせんせい》
元《もと》・桜ヶ島小学校《さくらがじましょうがっこう》の教師《きょうし》。鬼《おに》を祓《はら》うための符術《ふじゅつ》を、大翔《ひろと》たちにさずける。
関本和也《せきもとかずや》
クラスのムードメーカー。お調子者《ちょうしもの》でハメをはずしてよく怒《おこ》られる。孝司《こうじ》と仲《なか》よし。
金谷章吾《かなやしょうご》
学年一運動神経《がくねんいちうんどうしんけい》がよく、頭《あたま》もいい。母《はは》の命《いのち》とひきかえに、「黒鬼《くろおに》」の後継者《こうけいしゃ》に…⁉

前回《ぜんかい》までのあらすじ

よっ！　ガキんちょども！　うまそうだな！
はじめて読《よ》んだり、どんな話《はなし》か忘《わす》れたおまえらに
前回《ぜんかい》までのあらすじをオレ様《さま》が説明《せつめい》してやるぜ！

キャキャキャキャキャ

母親《ははおや》の命《いのち》とひきかえに、
「**黒鬼《くろおに》**」となることをえらんだ**章吾《しょうご》**。
大翔《ひろと》たちは**章吾《しょうご》を救《すく》うため**、
鬼《おに》をしりぞける**修行《しゅぎょう》**をつむ。
（ムダだっつーの！）

キャキャキャキャキャ

修行《しゅぎょう》が終《お》わったあとに、
大翔《ひろと》たちの前《まえ》にあらわれたのは、
章吾《しょうご》と**杉下先生《すぎしたせんせい》**。
ますます**鬼化《おにか》**してきた**章吾《しょうこ》**の力《ちから》に、
ビビりまくってる**大翔《ひろと》**だが…

ま、
とにもかくにも
修羅場《しゅらば》って
やつだな！

キャキャキャキャキャ

荒井先生直伝《あらいせんせいじきでん》！

鬼祓《おにばら》いの秘技《ひぎ》のやりかた！☆彡

①札《ふだ》に字《じ》を書《か》こう！ (担当《たんとう》：　)

まずは札《ふだ》に、文字《もじ》を書《か》こう！
鬼《おに》を封印《ふういん》したり、脚力《きゃくりょく》を高《たか》めたり……
書《か》く文字《もじ》によって、効果《こうか》が変《か》わるぞ！
文字《もじ》をまちがえたり、崩《くず》れたりすると失敗《しっぱい》だ！

必要《ひつよう》なのは、**知識《ちしき》**と**集中力《しゅうちゅうりょく》**！ きれいに、すばやく、正確《せいかく》に！

②札《ふだ》に力《ちから》をこめよう！ (担当《たんとう》：　)

文字《もじ》が書《か》けたら、神様《かみさま》に祈《いの》って札《ふだ》に力《ちから》をこめよう！
力《ちから》がこもれば、札《ふだ》が光《ひか》って呪符《じゅふ》の完成《かんせい》だ！
威力《いりょく》や効果時間《こうかじかん》は、ここで決《き》まるぞ！

必要《ひつよう》なのは、**澄《す》みきった心《こころ》**！ 笑顔《えがお》と感謝《かんしゃ》を忘《わす》れずにな！

③札《ふだ》を貼《は》ろう！ (担当《たんとう》：　)

呪符《じゅふ》ができたら、さっそく貼《は》りつけよう！
攻撃《こうげき》の場合《ばあい》は、鬼《おに》のツノが狙《ねら》い目《め》！
強化《きょうか》の場合《ばあい》は、自分《じぶん》の体《からだ》の部位《ぶい》に貼《は》ろう！

必要《ひつよう》なのは、**身体能力《しんたいのうりょく》**……そして、**勇気《ゆうき》**！ 恐《おそ》れず立《た》ち向《む》かっていけ！

❗ 先生《せんせい》からのアドバイス

鬼祓《おにばら》いの秘技《ひぎ》は、３人《にん》の力《ちから》をあわせて使《つか》う術《じゅつ》だ！
１人《ひとり》じゃ鬼《おに》には勝《か》てないぞ！　互《たが》いの長所《ちょうしょ》を活《い》かすんだ！
力《ちから》をあわせて……がんばろう！！！！　＼(^o^)／

射的《しゃてき》ゲームのルール

① 射手《しゃしゅ》は、鬼《おに》1匹《ぴき》と子供《こども》1人《ひとり》。

② それぞれ2射《しゃ》して、マトを撃《う》ちぬいた数《かず》の多《おお》いほうが勝《か》ち。

③ マトとの距離《きょり》は、鬼《おに》と子供《こども》の話《はな》しあいできめる。

④ 「マトとなるもの」と「マトのおき場所《ばしょ》」は、鬼《おに》と子供《こども》が片方《かたほう》ずつきめる。

⑤ 不正《ふせい》をおこなった場合《ばあい》は、即《そく》負《ま》けとする。

鬼《おに》になりゆく友達《ともだち》

1

桜ヶ島《さくらがじま》神社《じんじゃ》の裏山《うらやま》で、２人《ふたり》の少年《しょうねん》がむかいあっていた。

陽《ひ》は落《お》ち、あたりは闇《やみ》につつまれている。

雨《あめ》が降《ふ》り、葉《は》っぱをぽつぽつとたたく音《おと》がする。

大場大翔《おおばひろと》と、金谷章吾《かなやしょうご》。

桜ヶ島小学校《さくらがじましょうがっこう》の６年生《ねんせい》。

2人《ふたり》は友達《ともだち》で、ライバルで、きっと親友《しんゆう》のはずだった。

ついこの前《まえ》までは、たしかにそうだったのだ。


「おまえらのこと、友達《ともだち》だって、思《おも》ってたはずなんだ」

章吾《しょうご》は、低《ひく》い声《こえ》でつぶやいた。

「でも、いまではその気持《きも》ち、わからなくなっちまった。友達《ともだち》ってなんだ？　ククッ……」

くつくつと、忍《しの》び笑《わら》いをもらす。以前《いぜん》とはちがう、いやな笑《わら》いかただ。

その左手《ひだりて》には、するどい鉤爪《かぎづめ》が生《は》えている。人間《にんげん》のものでは、ありえない。

左手《ひだりて》だけじゃない。章吾《しょうご》の左半身《ひだりはんしん》は、首《くび》もとから足《あし》まで黒《くろ》く染《そ》まって、まがまがしい気《け》配《はい》をはなっていた。

大翔《ひろと》は、ぼうぜんと、目《め》の前《まえ》の変《か》わり果《は》てた友達《ともだち》をみつめている。

「俺《おれ》はもう半分《はんぶん》、鬼《おに》になったんだ」

口《くち》のはしからニュイッと牙《きば》をのぞかせ、章吾《しょうご》は笑《わら》った。

「いまならおまえを八《や》つ裂《ざ》きにするのだって、なんの抵抗《ていこう》もなくやれそうだ。試《ため》してみるか？　大翔《ひろと》」

ニタリと笑《わら》って、すごんでみせる。

それでも、大翔《ひろと》は動《うご》かない。

「……章吾《しょうご》。いままで、どうしてたんだよ？」

じっと章吾《しょうご》の目《め》をみつめて、口《くち》をひらいた。おちついた口調《くちょう》だった。

みつめる章吾《しょうご》の左目《ひだりめ》は、もう感情《かんじょう》をうつしていない。冷《つめ》たい光《ひかり》をはなつ、鬼《おに》の目玉《めだま》だ。

ふつうの人《ひと》なら、気味悪《きみわる》がって目《め》をそらす。

大翔《ひろと》はそらさなかった。

章吾《しょうご》をにらみつけた。

「おまえがいなくなって、みんな、心配《しんぱい》してたんだぞ。悠《ゆう》も、葵《あおい》も、和也《かずや》も、孝司《こうじ》も、荒井先生《いせんせい》も。クラスのみんな、学校《がっこう》のみんな。とうぜん、おまえのお母《かあ》さんも。心配《しんぱい》してんだ」

ちょっと悪《わる》さした友達《ともだち》を注意《ちゅうい》でもするみたいに、しかりつける。

「さっさと帰《かえ》ってこいよな。鬼《おに》になんてなってんじゃねえよ、バカ」

「……どうやら、自分《じぶん》の立場《たちば》がわかっていないらしい」

章吾《しょうご》はにやっと笑《わら》うと、大翔《ひろと》の目《め》の前《まえ》で、ひらひらと右手《みぎて》をふった。

——ドグッ

大翔《ひろと》は目《め》を見《み》ひらいた。

腹《はら》にパンチをたたきこまれたのだ。

腹《はら》をかかえてうずくまった大翔《ひろと》の頭《あたま》を、章吾《しょうご》はくつ裏《うら》で踏《ふ》みつける。

「ヒロトっ！」

「ちょっと、金谷《かなや》くん！　乱暴《らんぼう》はやめて！」

あわててかけ寄《よ》ってこようとするのは、幼《おさな》なじみの桜井《さくらい》悠《ゆう》と宮原《みやはら》葵《あおい》だ。大翔《ひろと》はそれを手《て》で制《せい》した。

「かんちがいしてんじゃねえ。俺《おれ》はもう、以前《いぜん》の金谷《かなや》章吾《しょうご》じゃねえ。黒鬼《くろおに》の後継者《こうけいしゃ》なんだ。人間《にんげん》風情《ふぜい》が、俺《おれ》に命令《めいれい》をするな」

ぐりぐりと、大翔《ひろと》の頭《あたま》を踏《ふ》みにじる。

「ここにきたのだって、助《たす》けにきたわけじゃねえ。目《め》ざわりなんだよ、おまえらがちょろちょろやってんのが」

大翔《ひろと》たちはこの1ヶ月《かげつ》、鬼祓《おにはら》いの秘技《ひぎ》の修業《しゅぎょう》をしていたのだ。鬼《おに》になった章吾《しょうご》を追《お》って、人間《にんげん》にもどすために。

「もう俺《おれ》に関《かか》わんな、バカ。わかったか?」

章吾《しょうご》はかがんで、大翔《ひろと》の顔《かお》をのぞきこんだ。

「わかるかよ。さっさと帰《かえ》ってこいっていってんだ、バカ!」

大翔《ひろと》はたちあがりざま、パンチをふるった。

章吾《しょうご》はひらりと身《み》をかわす。

大翔《ひろと》の襟首《えりくび》をつかみあげた。

「わかりやすくいってやる」

大翔《ひろと》の首《くび》すじに、ぴたりと鉤爪《かぎづめ》を突《つ》きつける。

悠《ゆう》と葵《あおい》が青《あお》い顔《かお》をしている。章吾《しょうご》の殺気《さっき》に、近《ちか》づけない。

「金輪際《こんりんざい》、俺《おれ》に関《かか》わるな。YES《イエス》とこたえれば命《いのち》は助《たす》けてやる。NO《ノー》とこたえればこの場《ば》で殺《ころ》す」

ぐいっと襟首《えりくび》を持《も》ちあげられ、大翔《ひろと》のつま先《さき》がういた。大翔《ひろと》はもがいた。

「ぐ、ぐあぁ……」

「ククッ。人間《にんげん》の苦《くる》しむ顔《かお》はいいぜ。食欲《しょくよく》をそそる。鬼《おに》になって、俺《おれ》もようやくわかった。恐怖《きょうふ》と苦痛《くつう》ってのが、最高《さいこう》のスパイスだってことがな。もっと苦《くる》しめや」

そういってニタリと牙《きば》をむく章吾《しょうご》の表情《ひょうじょう》は……鬼《おに》そのものだった。

「ち、く……しょう……」

「ククッ。もがけ、もがけ。どれ、情《なさ》けねえツラ、もっと近《ちか》くで拝《おが》んでやるぜ」

章吾《しょうご》は、ぐいいっ、と、大翔《ひろと》を眼前《がんぜん》にひき寄《よ》せて……。

——そのまま聞《き》け。俺《おれ》の後方《こうほう》に、黒鬼《くろおに》がいる。

ぼそりとささやいた。

大翔《ひろと》は目《め》を見《み》ひらいた。

——見《み》るな。気《き》づかれたらまずい。そのまま話《はなし》を聞《き》くんだ。

＊

章吾《しょうご》は小声《こごえ》で、ぼそぼそとささやいた。

——10時《じ》の方向《ほうこう》だ。見張《みは》ってやがんだ。俺《おれ》が鬼《おに》としてふる舞《ま》えるかどうか、さ。

大翔《ひろと》はごくりとつばをのみこむと、目《め》だけであたりをうかがった。

視界《しかい》のはしに……みつけた。

林《はやし》のむこうの木《き》のかげに、杉下先生《すぎしたせんせい》がたって、こちらをうかがっているのだ。

杉下先生《すぎしたせんせい》。その正体《しょうたい》は、桜ヶ島小《さくらがじましょう》にもぐりこんでいた地獄《じごく》の黒鬼《くろおに》だ。

自分《じぶん》の後継者《こうけいしゃ》をほしがっていて、鬼《おに》として育《そだ》てるために、章吾《しょうご》をさらっていった。まるで授業参観《じゅぎょうさんかん》にやってきたみたいに、ニコニコ笑《わら》って章吾《しょうご》をみつめている。

——ムリやりつれてこられたんだ。課外授業《かがいじゅぎょう》だとかいってよ。

——友達《ともだち》を殺《ころ》せないようじゃ、立派《りっぱ》な鬼《おに》になれないんだとさ。なりたくねえっての。

章吾《しょうご》は、文句《もんく》をいうように唇《くちびる》をとがらせた。

杉下先生《すぎしたせんせい》は、うれしそうにスマホのカメラを章吾《しょうご》にむけた。カシャカシャとシャッターをきっている。

——おまけに写真魔《しゃしんま》ときた。

——先生《せんせい》として、教《おし》え子《ご》が育《そだ》っていく思《おも》い出《で》の1ページを写真《しゃしん》にのこしたい、だそうだ。なんだそりゃ。

——つれていかれてからずっと、あの調子《ちょうし》なんだ。めちゃくちゃうぜえぞ。

心底《しんそこ》、うっとうしそうにしゃべる。

その口調《くちょう》は、以前《いぜん》の章吾《しょうご》となにも変《か》わっていなかった。さっきまでの冷酷《れいこく》な気配《けはい》は消《き》え失《う》せている。

——ああ。鬼《おに》になんてなっちゃいねえよ。中身《なかみ》は俺《おれ》のままだ。おまえらの……まあ、友《とも》達《だち》のままだよ。

章吾《しょうご》はうなずいてみせた。すこしほおが赤《あか》い。

——あんな鬼《おに》の後継者《こうけいしゃ》になんかならねえさ。もとから、鬼《おに》の力《ちから》だけいただいて、ずらかるつもりだったしな。黒鬼《くろおに》といったって、なんてことねえ。

そういって、ニヤリと笑《わら》ってみせる。

大翔《ひろと》のライバル、桜ヶ島小《さくらがじましょう》の孤高《ここう》の天才《てんさい》は、一筋縄《ひとすじなわ》ではいかないやつなのだ。

――だから、おまえらが心配《しんぱい》する必要《ひつよう》なんてねえんだ。

――自分《じぶん》のことは、自分1人《じぶんひとり》でなんとかする。これまでどおりな。

――おまえらのほうが心配《しんぱい》だ。これ以上首《いじょうくび》をつっこんで、黒鬼《くろおに》に本気《ほんき》で邪魔《じゃま》だと思《おも》われたら、殺《ころ》されるぞ。

――これは俺《おれ》の問題《もんだい》だ。おまえらは関係《かんけい》ねえ。手《て》をひくんだ。

――俺《おれ》の質問《しつもん》に、YES《イエス》でこたえろ。そうすれば、おまえらに手《て》だししないよう、黒鬼《くろおに》を説得《せっとく》できる。いいな？

いうと、章吾《しょうご》は大翔《ひろと》を、乱暴《らんぼう》に木《き》の幹《みき》にたたきつけた。

背中越《せなかご》しに見守《みまも》る杉下先生《すぎしたせんせい》に聞《き》かせるように、声《こえ》をはりあげる。

「こたえろ、大翔《ひろと》。YES《イエス》とこたえれば助《たす》けてやる。NO《ノー》とこたえればぶっ殺《ころ》す。……金輪際《こんりんざい》、俺《おれ》に関《かか》わるんじゃねえ」

首《くび》すじに突《つ》きつけた鉤爪《かぎづめ》に力《ちから》をこめて……章吾《しょうご》は、にやっと笑《わら》った。

「YES《わかった》だな？」

大翔《ひろと》は笑《わら》いかえした。にやっと。


「だから、NO《わかるかっ》だっつうのッ！」


もう1回《かい》。

章吾《しょうご》のほおをねらって、パンチをふるう。

かすっただけだ。

章吾《しょうご》はおどろいてよけた。

襟首《えりくび》をつかんだ手《て》がほどけて、大翔《ひろと》は地面《じめん》に投《な》げだされた。

「く、くっそお、おしいっ！　もうちょっとで、クリーンヒットだったのに！」

ケホケホと咳《せ》きこみながら、くやしそうにいう。

「大翔《ひろと》。おまえ……」

章吾《しょうご》は、ぼうぜんとした顔《かお》で、大翔《ひろと》を見下《みお》ろした。

口《くち》もとをひきつらせている。


「おまえ………ほんっっっとうにバカだな!!」


心《こころ》の底《そこ》からって感《かん》じで、いった。

「なに考《かんが》えてやがんだ!　こんだけわかりやすく!　いってやったのに!　なんでそうなるんだ!　頭《あたま》わいてんのか!」

「うるせえな!　しかたねえだろ!　ぶん殴《なぐ》ってやるってきめてたんだから!」

「せっかく、せっかく俺《おれ》が助《たす》けてやろうっていってんのに。台無《だいな》しにしやがって!」

「よけいなお世話《せわ》だっつうんだよ!　おまえの助《たす》けなんかいるか!　だいたい、気《き》に入《い》らないんだよ!」

大翔《ひろと》は章吾《しょうご》を指《ゆび》さして、唇《くちびる》をひんまげてにらみつけた。

「自分《じぶん》のことは自分1人《じぶんひとり》でなんとかする、とか、おまえらは関係《かんけい》ねえ、とか、そういう口《くち》ぶり！　鬼《おに》になっても変《か》わんねえんだな。ちょっとばかりイケメンだからって、すかしてんじゃねえっつうの、バカ章吾《しょうご》！」

「…………」

目《め》の前《まえ》の少年《しょうねん》の剣幕《けんまく》に、章吾《しょうご》は、うろたえたように口《くち》をあけたり閉《し》めたりした。

「これ以上《いじょう》おまえばっかり、かっこつけさせてたまるか。おまえに助《たす》けられたりするもんか」

大翔《ひろと》は、パシンと拳《こぶし》を手《て》のひらに打《う》ちつける。

「こんどは、おれがおまえを助《たす》けるんだよ。ざまあみろ」

「…………」

「わかったら、帰《かえ》るぞ」

そのとき、笑《わら》い声《ごえ》がひびいた。

＊

顔《かお》をむけると、杉下先生《すぎしたせんせい》が笑《わら》っていた。

ひいひいと苦《くる》しげに息《いき》をきらし、お腹《なか》をかかえて爆笑《ばくしょう》している。

「ひ、大翔《ひろと》くん。バッカだなあ……。バ、バカすぎて、章吾《しょうご》くん、いいかえせないじゃない……。バカは強《つよ》いね、バカは娯楽《ごらく》だね。アハハハハ……」

笑《わら》いすぎて涙目《なみだめ》になっている。

ようやく笑《わら》い声《ごえ》をひっこめると、ニコニコといった。

「……ふう。やっぱり課外授業《かがいじゅぎょう》はおもしろいね。ひさしぶりに大翔《ひろと》くんたちの元気《げんき》な姿《すがた》が見《み》られて、先生《せんせい》、満足《まんぞく》です。それじゃ、そろそろ帰《かえ》ろうか、章吾《しょうご》くん」

「ふ、ふざけんなよ。人《ひと》の話《はなし》、聞《き》いてたのかよ。鬼《おに》め」

大翔《ひろと》は杉下先生《すぎしたせんせい》をにらみつけ、ぐっ、と腰《こし》をおとした。

「帰《かえ》るなら、1人《ひとり》で帰《かえ》れよ。章吾《しょうご》は、つれていかせな――」

——い、と言葉《ことば》にだす前《まえ》に、杉下先生《すぎしたせんせい》の姿《すがた》は消《き》えていた。

うしろから、大翔《ひろと》の肩《かた》に、ぽん、と手《て》がかかった。

「そういわずにさ♡　章吾《しょうご》くんも帰《かえ》らしてよ」

耳《みみ》もとで、くすくすと杉下先生《すぎしたせんせい》の笑《わら》い声《ごえ》がひびく。

「さ、章吾《しょうご》くん。先《さき》にいくんだ」

章吾《しょうご》は立《た》ちつくしている。

「だいじょうぶ。大翔《ひろと》くんたちを食《た》べたりはしないよ。友達《ともだち》を傷《きず》つけたりしない」

「でも……」

「さっさといくんだ。いかないなら、ちょっとだけ、かじっちゃうよ」

青《あお》ざめた大翔《ひろと》の肩《かた》に、牙《きば》を突《つ》きたてた。

わ、わかったよ、と章吾《しょうご》が唇《くちびる》をかむ。

「……おまえら、これ以上《いじょう》、俺《おれ》に関《かか》わるな」

大翔《ひろと》たちをみわたし、顔《かお》をゆがめる。

「たのむ。関《かか》わらないでくれ」

きびすを返《かえ》し、木々《きぎ》のむこうに消《き》えていく。

歩《ある》き去《さ》った章吾《しょうご》の背中《せなか》を見送《みおく》ると、杉下先生《すぎしたせんせい》は満足《まんぞく》そうにうなずいた。

「うふふ。いつもは反抗的《はんこうてき》だけど、きみらとお母《かあ》さんのことになると、とたんに素直《すなお》になるんだよね、章吾《しょうご》くん」

「…………」

「いうこときくからあいつらに手《て》をださないでくれって、おねがいしてくるんだ。あのプライドの高《たか》い章吾《しょうご》くんが。ククッ。いいよねえ、大切《たいせつ》な人《ひと》がいるって。すばらしいよねえ……」

「…………」

大翔《ひろと》は、にぎった拳《こぶし》をぶるぶるとふるわせた。

「うふふ。怒《おこ》ってる、怒《おこ》ってる。自分《じぶん》ではなく、友達《ともだち》のために怒《いか》りを感《かん》じる……人間《にんげん》の子供《こども》はおもしろいね。――これ、あげるよ」

杉下先生《すぎしたせんせい》は、ハガキサイズのカードを1枚《まい》とりだすと、立《た》ちつくした大翔《ひろと》の手《て》ににぎらせた。

「こんどひらくパーティの、招待状《しょうたいじょう》なんだ。章吾《しょうご》くんをお祝《いわ》いする会《かい》を、盛大《せいだい》にひらこうと思《おも》ってるんだ。きみたちにも大切《たいせつ》な友達《ともだち》として、ぜひきてほしいな。待《ま》ってるよ」

いうと、大翔《ひろと》の頭《あたま》をポンポンとたたき、章吾《しょうご》を追《お》って歩《ある》き去《さ》っていく。

その気配《けはい》が消《き》えるまで、大翔《ひろと》はその場《ば》から1歩《ぽ》も動《うご》けなかった。

2

翌日《よくじつ》。

「……おにーちゃんたち、なにやってるの？」

リビングのドアをあけた結衣《ゆい》が、きょとんと首《くび》をかしげた。

お気《き》に入《い》りのくまのぬいぐるみをかかえて、とことこと部屋《へや》にはいってくる。

「なんのあそびしてるの？　ゆいもまぜて」

「しっしっ。結衣《ゆい》はむこうにいってろよ」

大翔《ひろと》はボルトクリッパーをにぎりしめたまま、うるさげに手《て》をふった。

悠《ゆう》はカーペットのうえに正座《せいざ》し、背《せ》すじをのばして集中《しゅうちゅう》している。

葵《あおい》はテーブルについて、にらむようにノートにむかっている。

「ゆいもあそびたいなあ……」

ばらばらに集中《しゅうちゅう》している3人《にん》を見《み》て、結衣《ゆい》が唇《くちびる》をとがらせる。

大翔《ひろと》は、母《かあ》さんと、妹《いもうと》の結衣《ゆい》との3人《にん》暮《ぐ》らしだ。母《かあ》さんは仕事《しごと》でいそがしく、家《いえ》をあけていることが多《おお》い。

昔《むかし》から悠《ゆう》と葵《あおい》とあつまるときは、大翔《ひろと》の家《いえ》になることが多《おお》かった。特《とく》に、大人《おとな》の前《まえ》でしにくいことをするときはね。

悠《ゆう》は目《め》を閉《と》じ、ひたいに紙《かみ》きれをあてがって、ぶつぶつとなにかつぶやいている。暗唱《あんしょう》してるのは、国語《こくご》の時間《じかん》に習《なら》った竹取物語《たけとりものがたり》。知《し》らない人《ひと》が見《み》たら、なにやってるんだと思《おも》うだろう。

葵《あおい》は筆《ふで》ペンをにぎりしめ、流《なが》れるようにノートに文字《もじ》をつづりつづけている。

大翔《ひろと》も作業《さぎょう》を再開《さいかい》した。

百円《ひゃくえん》ショップで買《か》ってきた、金属製《きんぞくせい》のドリンクホルダー。これをボルトクリッパーで切《せつ》断《だん》し、にぎりやすいY《ワイ》字型《じがた》にして、ヤスリで削《けず》る。

使《つか》い古《ふる》しの革《かわ》ベルトにハサミをいれる。クローゼットの奥《おく》から持《も》ちだしてきたやつだ。

「あー、それおかーさんのでしょ。いっけないんだよー」

じっとみつめていた結衣《ゆい》が、唇《くちびる》をとがらせる。

無視《むし》して大翔《ひろと》はベルトに錐《きり》で穴《あな》をあけ、ゴムチューブでY《ワイ》字《じ》とむすびつける。

用意《ようい》しておいたビー玉《だま》をベルト部《ぶ》にセットし、ゴムチューブをぐいっとのばし……手《て》をはなす。

――バシュッ

いきおいよくはなたれたビー玉《だま》が、クッションにたたきつけられた。上等《じょうとう》だ。

スリングショット。

簡易的《かんいてき》なものはパチンコ、大型《おおがた》のものはカタパルトともいう。威力《いりょく》あなどるなかれ。猟《かり》にだって使《つか》えるものなのだ。

「あー！　あぶないやつだ！　おにーちゃんたち、またわるいことしようとしてるんだー！　いっけないんだよー！」

結《ゆ》衣《い》がソファに乗《の》ってさわいだ。

「だめなんだよー！　おかーさんに、いいつけちゃうからねー！」

「そんなことしたら、結《ゆ》衣《い》のぬいぐるみをマトに使《つか》っちまおっかな～」

「あ、やめて！　おにーちゃんのいじわる！　ひとでなし！」

「けっけっけ。ひとでなしのおにーちゃんでーす」

「さあ結《ゆ》衣《い》ちゃん、人《ひと》でなしヒロトはほっといて、あっちで遊《あそ》ぼ～」

悠《ゆう》がニコニコといって、結《ゆ》衣《い》をむこうへつれていった。のんびり屋《や》の悠《ゆう》は、小《ちい》さい女《おんな》の子《こ》のあつかいがうまい。

「まったくもう、結《ゆ》衣《い》ちゃんにいじわるしないの。ほんと、ガキなんだから」

ペンを走《はし》らせながら、葵《あおい》がいった。

ずっと書《か》きとりしてるのかと思《おも》っていたら、いつの間《ま》にか計算《けいさん》ドリルをやってる。こん

なときにまで勉強《べんきょう》してんのかよ。

「バレたらめんどうだろ。すぐ母《かあ》さんにいいつけるんだもん、あいつ」

大翔《ひろと》は、ソファのかげに隠《かく》しておいた荷物《にもつ》をひっぱりだした。

バンソウコウ、傷薬《きずぐすり》、包帯《ほうたい》……各種救急《かくしゅきゅうきゅう》キット。

ひざあて、肘《ひじ》あて、グローブなどの防具類《ぼうぐるい》。スポーツショップで買《か》ってきた。

みじかめの木刀《ぼくとう》。スリングショットに、弾丸用《だんがんよう》のビー玉《だま》。

大翔《ひろと》は服《ふく》の下《した》にひざあてと肘《ひじ》あてをしこむと、腰《こし》のベルトに木刀《ぼくとう》をはさんだ。

ぎゅっ、とハチマキをむすぶ。

「準備完了《じゅんびかんりょう》！」

ぐるっ、とバク宙《ちゅう》して着地《ちゃくち》すると、拳《こぶし》を突《つ》きあげる。

「……下《した》の階《かい》から苦情《くじょう》がくるわよ？」

葵《あおい》が肩《かた》をすくめた。

悠《ゆう》と葵《あおい》が帰《かえ》ると、そのあとはいつもどおり過《す》ごした。

晩《ばん》ご飯《はん》を食《た》べて、テレビを見《み》て、お風呂《ふろ》にはいって、いちおう宿題《しゅくだい》もすませて、ベッドにはいる。

夜明《よあ》けとともに起《お》きだした。母《かあ》さんには、朝《あさ》から悠《ゆう》たちとでかける、帰《かえ》りはおそくなる、っていってある。

顔《かお》を洗《あら》って歯《は》を磨《みが》き、着替《きが》えて荷物《にもつ》をまとめ、玄関《げんかん》にむかう。

「……おにーちゃん。でかけるの？」

背中《せなか》から声《こえ》がかかって、大翔《ひろと》はびくっとした。

「……なんだよ、結衣《ゆい》。おどかすなよ」

しっしっ、と手《て》で追《お》い払《はら》う。

「悠《ゆう》と葵《あおい》と、遊《あそ》びにいくんだよ。つれてかねーぞ？　遠出《とおで》するんだから」

「おかーさんに、ちゃんといった？」

「もちろん、いったよ」

「鬼《おに》のところいってくるって、ちゃんといった？」

「さすがにそこまでは……って、おまえ、なんでそのこと——」

大翔《ひろと》は、ハッと口《くち》を押《お》さえた。

「悠《ゆう》くんにきいたもん。いなくなった金谷《かなや》のおにいちゃん、おむかえにいくんだって」

「……悠《ゆう》、隠《かく》しごと、ヘタなんだよなあ」

「いっけないいんだよー、おかーさんにいいつけちゃう……と、おもったけど、いいよ。いわないよ」

「ほんとか？」

「そのかわり、ちゃんとつれてかえってきてね、金谷《かなや》のおにいちゃん」

結衣《ゆい》は章吾《しょうご》とも会《あ》ったことがある。金谷《かなや》のおにいちゃん、と呼《よ》んで慕《した》っているのだ。

「金谷《かなや》のおにいちゃん、いえ、かえらないって、いってるんでしょ？　いっけないいんだよー。いくらイケメンだからって、ワガママはだめなんだよー。イケメンは、みんなのお手本《てほん》にならなくちゃいけないんだから」

……やれやれ、イケメンも楽《らく》じゃねえみたいだな？　章吾《しょうご》。

「だから、ちゃんとつれてかえってきてくれるなら、おかーさんにいわない。約束《やくそく》できる？」

結衣《ゆい》はいって、小指《こゆび》をさしだした。

「わかった。約束《やくそく》する。かならず章吾《しょうご》をつれて帰《かえ》る」

大翔《ひろと》は指《ゆび》きりげんまんすると、胸《むね》をたたいた。

「お兄《にい》ちゃんに、まかせとけ」


マンションの入《い》り口《ぐち》で、悠《ゆう》と葵《あおい》と合流《ごうりゅう》した。悠《ゆう》はリュックを背負《せお》い、葵《あおい》は肩掛《かたか》けのバッグを持《も》っている。

敷地《しきち》をでると、道路《どうろ》に車《くるま》が1台《だい》、停《と》まっていた。

オンボロのセダンだ。あちこちベコベコにへこんでいるうえに、砂《すな》ぼこりが厚《あつ》く積《つ》もっていて、もとの色《いろ》が何色《なにいろ》だったかすらわからない。

ウィンドウがのろのろとおりると、荒井先生《あらいせんせい》の顔《かお》がのぞいた。

迷彩柄《めいさいがら》のミリタリージャケット姿《すがた》。子供《こども》たちは、なんとなく敬礼《けいれい》した。

「……本当《ほんとう》にいくんだな?」

荒井先生《あらいせんせい》は、3人《にん》の顔《かお》を見《み》まわす。

「この招待状《しょうたいじょう》……いうまでもないが、100%《パーセント》、ワナだぞ。生《い》きて帰《かえ》れるか、わかんねえ。

それでもいくんだな？」

「虎穴《こけつ》に入《い》らずんば虎子《こじ》を得《え》ず、っていうしね」

葵《あおい》が澄《す》まし顔《がお》でいった。

「虎《とら》の子《こ》はべつにほしくないけど、金谷《かなや》くんは友達《ともだち》だもんね」

悠《ゆう》がニコニコと笑《わら》った。

「まだ、殴《なぐ》りかえせてないしな」

大翔《ひろと》は、パシンと手《て》のひらを拳《こぶし》でたたいた。

荒井先生《あらいせんせい》はにやっと笑《わら》うと、車《くるま》のドアをあけた。

「それじゃ、いくぞ。殴《なぐ》りこみだ」

1 カーチェイス

章吾《しょうご》くん
お誕生会《たんじょうかい》のおしらせ！

こんにちは！
こんど、金谷章吾《かなやしょうご》くんの
お誕生会《たんじょうかい》をひらくことになりました。

楽《たの》しいゲームとおいしい食事《しょくじ》を
用意《ようい》してお待《ま》ちしています。
ふるってご参加《さんか》ください☺

1

「目的地《もくてきち》まで、ドライブだ」

荒井先生《あらいせんせい》は、ダッシュボードのうえにおかれた招待《しょうたい》カードを、ぴん、と指《ゆび》ではじいた。

「裏面《うらめん》に地図《ちず》が載《の》っていた。誕生会《たんじょうかい》の会場《かいじょう》は、郊外《こうがい》の森《もり》の奥《おく》にあるらしい。ずいぶんとまあ、へんぴなところでやるもんだぜ」

いって、ぐるっ、とハンドルをまわす。

ガタン！　ガタタン！　……車《くるま》は上下《じょうげ》にゆれながら、つづら折《お》りの山道《やまみち》を走《はし》っていく。

何十年《なんじゅうねん》ものの中古車《ちゅうこしゃ》らしい。

大翔《ひろと》は助手席《じょしゅせき》、悠《ゆう》と葵《あおい》は後部座席《こうぶざせき》に座《すわ》って、ジェットコースターに乗《の》るときみたいな顔《かお》をして、ドアうえの取《と》っ手《て》にしがみついている。

「ちょいとばかしポンコツだが、なにごとも気分《きぶん》しだいだ」

荒井先生《あらいせんせい》がいった。

「俺《おれ》はこの車《くるま》を、〝タイタニック〟と名《な》づけた。実在《じつざい》した、豪華客船《ごうかきゃくせん》の名前《なまえ》なんだ。そうやって呼《よ》ぶと、オンボロ車《ぐるま》も豪華《ごうか》な車《くるま》に思《おも》えてくるだろ？」

「「こないよ」」

「タイタニックは、沈没《ちんぼつ》した船《ふね》なんですけどね」

調子《ちょうし》いいことをいう荒井先生《あらいせんせい》に、子供《こども》たちは冷静《れいせい》に指摘《してき》する。

「作戦《さくせん》の確認《かくにん》だ」

荒井先生《あらいせんせい》は、こほんと空咳《からせき》をついた。

「まず、鬼祓《おにはら》いの秘技《ひぎ》の復習《ふくしゅう》だ。この技《わざ》は、札《ふだ》に特殊《とくしゅ》な文字《もじ》を書《か》き、霊力《れいりょく》をこめた呪符《じゅふ》を用《もち》いる術《じゅつ》だ。札《ふだ》に文字《もじ》を書《か》くのが宮原《みやはら》、霊力《れいりょく》をこめるのが桜井《さくらい》の役目《やくめ》。そうしてできた呪《じゅ》符《ふ》を鬼《おに》に貼《は》るのが大場《おおば》の役目《やくめ》。ここまではいいか？」

大翔《ひろと》たちはうなずいた。

「呪符《じゅふ》には、いろいろな種類《しゅるい》のものがある。たとえば、鬼《おに》に貼《は》って封印《ふういん》をおこなう『封《フウ》』の符《ふ》。人《ひと》に貼《は》って跳躍力《ちょうやくりょく》を高《たか》める『跳《チョウ》』の符《ふ》。

明《あ》かりを灯《とも》す『灯《トウ》』、扉《とびら》をひらく『開《カイ》』、『護《ゴ》』、『隠《イン》』……」

「たくさんあるんだな」

「全部《ぜんぶ》覚《おぼ》える必要《ひつよう》はねえ。必要《ひつよう》なのは、たった1つだ。宮原《みやはら》、練習《れんしゅう》してきたな？」

「もちろん」

と、葵《あおい》は人《ひと》さし指《ゆび》で、さらさらっと宙《ちゅう》をなぞった。

ただ宙《ちゅう》に文字《もじ》を書《か》いただけなのに、すうっ、と空気《くうき》が浄《きよ》められた気《き》がする。


その字《じ》は、『浄《ジョウ》』。


「人間《にんげん》に憑《つ》いた鬼《おに》を浄《きよ》め祓《はら》う『浄《ジョウ》』の符《ふ》。この呪符《じゅふ》を貼《は》れば、鬼《おに》になった者《もの》も人間《にんげん》にもどせるってわけだ。金谷《かなや》を人間《にんげん》にもどして連《つ》れ帰《かえ》る。それが今回《こんかい》の殴《なぐ》りこみの目的《もくてき》だ」

「おうっ！」

大翔《ひろと》たちはうなずいた。

「問題《もんだい》が2つある。1つは、ほかの鬼《おに》に気《き》づかれないようにしなきゃいけないってことだ。

金谷《かなや》のそばについてる鬼《おに》たちと、いちいちやりあってたらキリがねえ。あまりたくさん呪《じゅ》符《ふ》をつくると、桜井《さくらい》がバテちまうからな」

「何枚《なんまい》も力《ちから》をこめてたら、だんだん札《ふだ》が光《ひか》らなくなっちゃうんだ」

「体力《たいりょく》や集中力《しゅうちゅうりょく》と同《おな》じね。ずっと使《つか》ってると、霊力《れいりょく》も尽《つ》きちゃうんだわ」

葵《あおい》がうなった。

「まわりの鬼《おに》にかまってるよゆうはない。金谷《かなや》に会《あ》うまで、なるべく敵《てき》にみつからないように進《すす》むんだ。いいな？」

「わかった」

「そして、もう1つの問題《もんだい》だ。鬼《おに》たちの監視《かんし》をくぐりぬけて、金谷《かなや》に『浄《ジョウ》』の符《ふ》を貼《は》っても、効果《こうか》がないかもしれないってことだ」

フロントガラスのむこうに目《め》をやったまま、荒井先生《あらいせんせい》はつづけた。

「そのときは作戦中止《さくせんちゅうし》だ。すぐに逃《に》げろ」

「……へ？」

「どういうこと？」

子供《こども》たちは、不思議《ふしぎ》そうに目《め》をまたたかせた。

「効果《こうか》がない？　だって、人《ひと》に憑《つ》いた鬼《おに》を祓《はら》う呪符《じゅふ》なんだろ？」

「そうだ。人間《にんげん》に憑《つ》いた鬼《おに》を祓《はら》う、ゆいいつの呪符《じゅふ》だ」

荒井先生《あらいせんせい》はうなずく。

「でも、効《き》かないことだってある」

「よくわかんないよ。効《き》かないこともあるって、なんだよ」

大翔《ひろと》は唇《くちびる》をひんまげた。

「わかった。正確《せいかく》にいいなおす」

そういう荒井先生《あらいせんせい》は、こちらに顔《かお》をむけない。

まるで石《いし》にでもなってしまったみたいに、フロントガラスのむこうをにらみつけている。

「『浄《ジョウ》』の符《ふ》は、鬼《おに》になりかけの人間《にんげん》をもとにもどすための呪符《じゅふ》だ。いってる意味《いみ》、わかるな？　……完全《かんぜん》に鬼《おに》になった相手《あいて》には、効果《こうか》がない。『浄《ジョウ》』の符《ふ》を貼《は》っても効《き》かなかったら、金谷《かなや》はもう、おまえたちの知《し》ってる金谷《かなや》じゃない。——黒鬼《くろおに》になっちまった、ってことだ」

「…………」

気《き》づけば、あたりはすっかり山《やま》のなかだった。

対向車《たいこうしゃ》も後続車《こうぞくしゃ》も、しばらく目《め》にしていない。まがりくねった道路《どうろ》を、先生《せんせい》のオンボロ車《ぐるま》だけが走《はし》っていく。

ガードレールのむこうの眼下《がんか》には、深《ふか》い森《もり》がひろがっている。霧《きり》がでてきたのか、森《もり》のむこう側《がわ》は見《み》えない。

「……完全《かんぜん》に鬼《おに》になった人間《にんげん》を、もとにもどす呪符《じゅふ》は？」

沈黙《ちんもく》をやぶって、葵《あおい》が訊《き》いた。

「ない」

荒井先生《あらいせんせい》は即答《そくとう》した。

「完全《かんぜん》な鬼《おに》になったら、もう人間《にんげん》にもどすことはできない」

「…………」

「だからそのときは、おまえらは逃《に》げろ。あとは俺《おれ》がなんとかするから」

「なんとかするって？」

大翔《ひろと》は訊《き》いたが、先生《せんせい》はだまっている。

「やっぱりなにか、方法《ほうほう》があるってこと？　教《おし》えてくれよ」

先生《せんせい》はだまっている。

「先生《せんせい》。なんとかって、なんだよ？」

先生《せんせい》はだまっている。

「なにか方法《ほうほう》があるんなら、おれたちにも教《おし》え――」

大翔《ひろと》は、ハッとした。

ハンドルをにぎりしめる荒井先生《あらいせんせい》が、ぞっとするほど怖《こわ》い顔《かお》をしていたからだ。

そのときだった。

――パンッ
とつぜん、車《くるま》がスピンした。

2

ガラス越《ご》しの景色《けしき》が、ぐるっと横《よこ》に流《なが》れる。

「なんだっ!?」

荒井先生《あらいせんせい》があわててハンドルを押《お》さえつけた。ガードレールに激突《げきとつ》しそうになるのをこらえる。

タイヤが1つ、破裂《はれつ》したらしい。

車《くるま》は手負《てお》いの馬《うま》のように、鼻先《はなさき》を右《みぎ》に左《ひだり》にぐらぐらとゆらしながら、道路《どうろ》を突《つ》っきっていく。


——ブツッ……ザザザ……

ラジオがノイズ音《おん》をたてはじめた。

出発前《しゅっぱつまえ》につけようとしたときには、こわれていたのに。

すこしして、オルガンの音《おと》がひびきはじめた。

聞《き》きなれたメロディ。

誕生日《たんじょうび》に歌《うた》う定番《ていばん》の曲《きょく》、〝ハッピーバースデートゥーユー〟だ。

陽気《ようき》な音楽《おんがく》をBGM《ビージーエム》に、これもまた聞《き》きなれた声《こえ》がひびいた。


【れでぃーす・あんど・じぇんとるめん！

招待状《しょうたいじょう》を受《う》け取《と》った、みっなみなさま！

本日《ほんじつ》は『新生《しんせい》・黒鬼《くろおに》　お誕生会《たんじょうかい》』に、ようこそおいでくださいました！

遠路《えんろ》はるばる人間界《にんげんかい》までおこしいただき、まことにありがとうございます！

現《げん》・黒鬼《くろおに》のヤローにたのまれたんで、司会進行《しかいしんこう》は地獄《じごく》でも最強最悪《さいきょうさいあく》の悪鬼《あっき》こと、このツノウサギさんが担当《たんとう》するぜ！　よろしくな！　キャキャキャキャキャキャキャ！】

大翔《ひろと》たちは、顔《かお》を見《み》あわせた。

「どこにでもでてくるな、あいつ……」

「イベントごと、好《す》きそうだもんね……」

「なんかもう、ありがたみもないわね……」

好《す》き勝手《かって》いう。


【そんでだね。

はるばる人間界《にんげんかい》まできてもらっておいてなんだけど、肝心《かんじん》の、新《しん》・黒鬼《くろおに》くんの準備《じゅんび》がまだなんだ。

おめかし中《ちゅう》ってとこ？

鬼《おに》の晴《は》れ姿《すがた》をお披露目《ひろめ》できるようになるまで、もーちょっと時間《じかん》がかかるんだって。

そんなわけで、先《さき》にはじめちゃおうぜ！　腹《はら》ペコのみんなに、申《もう》し訳《わけ》ないしな！

パーッとのんで、食《た》べてってくれ！　キャキャキャキャ！】

「……これ、あたしたちにむけてしゃべってるんじゃないわね」

葵《あおい》が腕《うで》を組《く》んだ。

「『人間界《にんげんかい》までおこしいただき』とか『人間界《にんげんかい》まできてもらって』とか、なんだかいいまわしがヘンだもの。べつのだれかにむけてしゃべってるみたい」

「お、お誕生会《たんじょうかい》だもんね。ぼくたち以外《いがい》にも、招待客《しょうたいきゃく》がいるんじゃないかな……」

悠《ゆう》が青《あお》い顔《かお》でうなずく。

「な、仲良《なかよ》くなれそうな子《こ》たちだといいな……」


【それでは、お食事《しょくじ》のご案内《あんない》だぜ！

今回《こんかい》のお誕生会《たんじょうかい》のお食事《しょくじ》は、各自《かくじ》で食《た》べ物《もの》をとりわける、ビュッフェ形式《けいしき》になるぜ！

新鮮《しんせん》なお肉《にく》が車型《くるまがた》の容器《ようき》につまって、会場《かいじょう》はしの道路《どうろ》を走行中《そうこうちゅう》！

お肉《にく》の種類《しゅるい》と重量《じゅうりょう》は以下《いか》になるぜ！　量《りょう》が少《すく》ないから、はやい者勝《ものが》ちなんだぜ〜！


『のんびり屋《や》の男子小学生《だんししょうがくせい》の肉《にく》』

『頭《あたま》のいい女子小学生《じょししょうがくせい》の肉《にく》』

『バカな男子小学生《だんししょうがくせい》の肉《にく》』……各《かく》約《やく》40キログラム
『傭兵《ようへい》みたいな元《もと》・体育《たいいく》の先生《せんせい》の肉《にく》』……約《やく》80キログラム

そんじゃ、新《しん》・黒鬼《くろおに》の準備《じゅんび》ができるまで、楽《たの》しんどいてくれよな！　キャキャキャキャ！】

——ブツッ、と、ラジオは途絶《とだ》えた。

車内《しゃない》に沈黙《ちんもく》が落《お》ちた。

悠《ゆう》がうつむいて耳《みみ》に手《て》をあて、ぶつぶつとなにかくりかえしている。

「……ぼくはなにも聞《き》かなかった、ぼくはなにも聞《き》かなかった、ぼくはなにも聞《き》かなかった、ぼくはなにも聞《き》かなかった、ぼくは」

「おれたち、客《きゃく》じゃなくて、食事枠《しょくじわく》だったのかよ」

「ま、そんなことだろうとは思《おも》ってたけどね……」

悠《ゆう》は、聞《き》かない、聞《き》かないよー、と耳《みみ》をふさいでうしろをむいた。

「…………」

リアガラスのむこうを見《み》て、口《くち》もとをひきつらせている。こんどはなんだよ？　大翔《ひろと》はふりむいた。

ガタガタ走《はし》るオンボロ車《ぐるま》の、ずっと後方《こうほう》。

後続車《こうぞくしゃ》が1台《だい》、走《はし》ってきていた。

ただの車《くるま》じゃない。牛車《ぎっしゃ》だった。社会《しゃかい》の教科書《きょうかしょ》で見《み》たことがある。箱《はこ》のような屋形《やかた》に大《おお》きな車輪《しゃりん》が2つついていて、牛《うし》にひかせる車《くるま》。

その牛車《ぎっしゃ》をひいているのは、牛《うし》ではなくて、牛鬼《ぎゅうき》だったけれど。

『はっぴばーすでー　とぅー　ゆぅーー！
はっぴばーすでー　とぅー　ゆぅーー！
はっぴばーすでー　でぃあ　黒鬼章吾《くろおにしょうご》くぅ〜ん！
はっぴばーすでー　とぅー　ゆぅぅーー！』

牛《うし》の頭《あたま》に蜘蛛《くも》のような脚《あし》を持《も》っていて、なぜか歌《うた》うことが好《す》きな牛鬼《ぎゅうき》。

音程《おんてい》ズレまくりなハッピーバースデートゥーユーを歌《うた》いながら、牛車《ぎっしゃ》をひいて走《はし》ってくる。

屋形部分《やかたぶぶん》につりさげられた和紙《わし》に、こう書《か》かれていた。

【新《しん》・黒鬼《くろおに》さま　お誕生会招待客御一行《たんじょうかいしょうたいきゃくごいっこう》　鬼《おに》たくしー】

「……あっちが本当《ほんとう》の招待客《しょうたいきゃく》みたいだな」

大翔《ひろと》はぽつりとつぶやいた。

「仲良《なかよ》くなれそうな子《こ》たちだといいな、悠《ゆう》」

屋形《やかた》のすだれがひらっとゆれて、なかがのぞけた。

なかには鬼《おに》たちが乗《の》っていた。

でっぷりと太《ふと》った餓鬼《がき》が3匹《びき》。

「……仲良《なかよ》くなれそうな子《こ》たちだといいな、悠《ゆう》」

大翔《ひろと》はもう一度《いちど》つぶやいた。

悠《ゆう》は現実逃避《げんじつとうひ》に、瞑想《めいそう》をはじめている。

「このままじゃ、追《お》いつかれるわ！」

牛鬼《ぎゅうき》の走《はし》るスピードは速《はや》かった。

カーブをぎゅんぎゅんドリフト走行《そうこう》でまがりながら、みるみるこちらの車《くるま》にせまってくる。マリオカートかよ。

「先生《せんせい》、スピードあげてくれッ！」

「うっし！　しっかりつかまってろよ！　全速前進《ぜんそくぜんしん》ッ！」

荒井先生《あらいせんせい》はシフトレバーをがしゃんとたおすと、アクセルを全開《ぜんかい》で踏《ふ》みこんだ。心《こころ》なしか楽《たの》しそうだ。ハンドルをにぎるとスピードガンガンだしたくなるタイプは、免許持《めんきょも》っちゃいけないって母《かあ》さんがいってた。

車《くるま》は、ぐん、とスピードをあげた。

ぐねぐねとまがりくねった山道《やまみち》を、すべり落《お》ちるように走《はし》っていく。

「わわわわっ！」

「ちょ、ちょっと！　あぶないわよっ！」

「先生《せんせい》、スピードさげてくれッ！」

「だいじょうぶだ！　大船《おおぶね》に乗《の》ったつもりでいろ！」

「大船《おおぶね》って、具体的《ぐたいてき》には？」

「タイタニック！」

「だからそれ沈没《ちんぼつ》したんだっつうのッ！」

車《くるま》が左右《さゆう》にふれまくる。

子供《こども》たちは必死《ひっし》に、取《と》っ手《て》につかまってこらえた。

荒井先生《あらいせんせい》が豪快《ごうかい》にハンドルをきる。完全《かんぜん》に船《ふね》の操舵《そうだ》かなにかとかんちがいしてる。

でも、さすがに元《もと》・体育《たいいく》の先生《せんせい》だ。運動神経《うんどうしんけい》は並《なみ》じゃない。

車《くるま》はみるみる鬼《おに》タクシーをひきはなしていく。

「ほら見《み》ろ、だいじょうぶだろ？」

荒井先生《あらいせんせい》は得意《とくい》げに笑《わら》った。

とたん、

……ブロロロロロ…………プスン、プスンプスン

エンジンから異音《いおん》がしはじめた。

ガタンッ、ガタタンッ……


車体《しゃたい》が小刻《こきざ》みにゆれはじめる。

ふりきれていたスピードメーターの針《はり》が、ゆっくりともとにもどっていく。

「……あちゃあ」

「こ、こんどはどうしたのよ!?」

「また追《お》いつかれちゃうよう！」

「先生《せんせい》、スピードあげてくれッ！」

「すまん、こわれた。いきなり全力《ぜんりょく》ださせたから、エンジンがいかれたらしい」

どことなく楽《たの》しげに宣言《せんげん》した。

「この船《ふね》は沈没《ちんぼつ》する！」
「タイタニックじゃねえかあっ！」

……プスプスン！
……ぷすんぷすぷすぷす……がくんがくがく、がっくんがっくがく……
エンジンの空回《からまわ》り音《おん》が大《おお》きくなり、車体《しゃたい》がはげしくゆれはじめた。
排気筒《はいきとう》からもくもくと煙《けむり》があがる。車《くるま》がみるみるのろくなっていく。
ふたたび追《お》いあげてきた牛鬼《ぎゅうき》が、前脚《まえあし》を道路《どうろ》につくと――ジャンプした。

――がしんっ！

こちらの車《くるま》に、乗《の》りかかってきた。
前脚《まえあし》の爪《つめ》をトランクに食《く》いこませ、連結《れんけつ》したように走《はし》ってくる。

ぐいと顔《かお》を寄《よ》せ、リアガラス越《ご》しに車内《しゃない》をのぞきこんだ。しつこくハッピーバースデートゥーユーを歌《うた》いながら、口《くち》のはしからボタボタとヨダレをこぼす。

前脚《まえあし》をふりあげた。

「桜井《さくらい》、宮原《みやはら》、ふせろっ！」

悠《ゆう》と葵《あおい》が頭《あたま》をかかえて、後部座席《こうぶざせき》で身《み》をかがめた。

――バキンッ

リアガラスにひびがはいった。

2撃目《げきめ》。


――バキバキンッ！

ひびがひろがっていく。

「2人《ふたり》とも、呪符《じゅふ》をっ！」

「こんな状態《じょうたい》で書《か》けないわよっ！」

「集中《しゅうちゅう》できないよおっ！」

「くそっ……！」

大翔《ひろと》はあわててデイパックをさぐった。

——ガシャンッ

3ふり目《め》で、リアガラスがくだけ散《ち》った。

牛鬼《ぎゅうき》の前脚《まえあし》が、車内《しゃない》にそろそろと侵入《しんにゅう》してくる。

大翔《ひろと》は、とりだしたスリングショットにビー玉《だま》をつがえた。ベルトを引《ひ》き絞《しぼ》り、撃《う》つ。

悠《ゆう》の頭《あたま》にふれようとしていた牛鬼《ぎゅうき》の前脚《まえあし》に直撃《ちょくげき》。

牛鬼《ぎゅうき》が悲鳴《ひめい》をあげて、前脚《まえあし》をひっこめる。

と、屋形《やかた》のすだれがあがった。

なかにいた餓鬼《がき》たちがギャハギャハと笑《わら》いながら、牛車《ぎっしゃ》の引《ひ》き手《て》の木《き》のうえをわたってきた。トランクにのぼってくる。

ヨダレを垂《た》らしながら、座席《ざせき》にかがみこんだ悠《ゆう》たちを見下《みお》ろす。

牛鬼《ぎゅうき》がコブシをいれて歌《うた》いあげた。

『Bad《バッド》 birthday《バースデー》 to《トゥー》 Youuウウウ《ユー》〜♪』

腹《はら》のたつことに、そのフレーズだけは、音程《おんてい》も完《かん》ぺきでめちゃくちゃうまかった。

餓鬼《がき》が、にぎりしめた棍棒《こんぼう》をふりあげた。

大翔《ひろと》はスリングショットを撃《う》ったが、狙《ねら》いをはずれて飛《と》んでいく。

「悠《ゆう》っ！　葵《あおい》っ！」

――シュンッ

そのとき、なにかが空《くう》をきった。

棍棒《こんぼう》がはじかれるように宙《ちゅう》を舞《ま》った。


「おまえら、しっかりつかまって歯《は》ぁ食《く》いしばれ！」


荒井先生《あらいせんせい》がさけぶと同時《どうじ》に、グルグルグルグルッ――ハンドルをねじきるようにいきおいよく回転《かいてん》させた。サイドブレーキをひいた。

窓《まど》のむこうの景色《けしき》が流《なが》れた。

車《くるま》が、ぐるんっ、とコマのようにその場《ば》で半回転《はんかいてん》した。

トランクにとりついていた鬼《おに》タクシーも、巻《ま》きこまれるようにぐるんとまわる。

2台《だい》そのまま、うしろから道路《どうろ》を突《つ》き進《すす》んでいき……。


――ガッシャアアアアンッ！

ガードレールにたたきつけられた。

シートベルトがしまり、息《いき》がつまった。

トランクのうえにたっていた鬼《おに》たちが、衝撃《しょうげき》でガードレールのむこうへ投《な》げだされていく。

屋形《やかた》が落《お》ちかけ、牛鬼《ぎゅうき》も、めくれたガードレールのむこうへひきずられていく。爪《つめ》をたて、こちらの車《くるま》をひっぱってくる。

大翔《ひろと》はスリングショットを撃《う》った。

牛鬼《ぎゅうき》は悲鳴《ひめい》をあげながら前脚《まえあし》をはなした。

『Bad《バッド》 birthday《バースデー》 to《トゥー》 Me《ミィー》ィィィィィ〜〜〜』

悲《かな》しげに歌《うた》いあげながら、ガードレールのむこうへと落下《らっか》していった。

大翔《ひろと》は、ほっと胸《むね》をなでおろした。

「……歌唱力《かしょうりょく》の成長《せいちょう》を感《かん》じるな」

「無事《ぶじ》か？　おまえら」

がっくりとハンドルにもたれかかっていた荒井先生《あらいせんせい》がふりかえった。

「な、なんとかあ……」

「これを無事《ぶじ》といえるならね……」

後部座席《こうぶざせき》で悠《ゆう》と葵《あおい》が、くだけたガラスを手《て》で払《はら》っている。

車《くるま》はもうすこしで下《した》に投《な》げだされるところだったが……なんとか無事《ぶじ》みたいだ。

大翔《ひろと》たちはシートベルトをはずして、車《くるま》をでた。

車《くるま》のエンジンは、もううんともすんともいわない。

「もう廃車《はいしゃ》か。また車《くるま》、買《か》わなきゃな……」

「こんどはタイタニックじゃなくて、べつの名前《なまえ》つけたほうがいいと思《おも》うよ……」

「ちなみに世界最古《せかいさいこ》の沈没船《ちんぼつせん》の名前《なまえ》は、ウル・ブルンというらしいわよ」

「アオイ、いま、その知識《ちしき》いらないよね……」

「……みんな。まだだ」

煙《けむり》をあげる車《くるま》を見《み》ていいあう3人《にん》に、大翔《ひろと》は低《ひく》い声《こえ》で告《つ》げた。

＊

「矢《や》が飛《と》んできたんだ。餓鬼《がき》の棍棒《こんぼう》を、はじいてくれた。あっちのほうからだ」

大翔《ひろと》は、道路《どうろ》の反対側《はんたいがわ》を見《み》あげた。

ガードレールの反対側《はんたいがわ》は、山《やま》の斜面《しゃめん》になっていて、背《せ》の高《たか》い木々《きぎ》がたちならんでいる。

杉《すぎ》の木《き》の枝《えだ》のうえから、こちらを見下《みお》ろしている人影《ひとかげ》があった。

小柄《こがら》な人影《ひとかげ》だ。

全身《ぜんしん》をすっぽりと、ぼろっちい外套《がいとう》につつみこんでいる。

背中《せなか》に矢筒《やづつ》を背負《せお》い、手《て》には弓《ゆみ》。目深《まぶか》に笠《かさ》をかぶっていて、顔《かお》は見《み》えない。

「あの人《ひと》が助《たす》けてくれたってこと？　あぶないところ、ありがとうございまーす！　助《たす》かりましたー！」

悠《ゆう》がぶんぶんと手《て》をふった。

「あたしとしては、そんなに都合《つごう》よく助《たす》けがくるとは思《おも》えないんだけど。あれも鬼《おに》なんじゃないの？」

「アオイ、ぼく、もうちょっと夢《ゆめ》をみたいんだ……」

「……童《わらし》か」

人影《ひとかげ》が、ぼそりとつぶやいた。

しわがれた、老人《ろうじん》の声《こえ》だ。

「ひきかえせ、童《わらし》ども。この先《さき》は、人《ひと》の身《み》でくるべきところではない」

ひょいと笠《かさ》を持《も》ちあげた。

ボロボロの包帯《ほうたい》を目隠《めかく》しにして、両目《りょうめ》をおおっている。

しわにうもれた口《くち》もとから、小《ちい》さな牙《きば》がのぞいている。

そして、ひたいに生《は》えた2本《ほん》のツノ。

「ワシの名《な》は叉鬼《またぎ》。人《ひと》のころより野山《のやま》をめぐり、強《つよ》き獲物《えもの》を狩《か》ることを無上《むじょう》のよろこびとしてきた地獄《じごく》の狩人《かりうど》。黒鬼《くろおに》より招待状《しょうたいじょう》を受《う》け、参上《さんじょう》した」

人影《ひとかげ》――叉鬼《またぎ》はいって、ひらひらとカードをふった。誕生会《たんじょうかい》の招待《しょうたい》カードだ。

「みじかい夢《ゆめ》だった……」

悠《ゆう》ががっくりと肩《かた》をおとす。

「黒鬼《くろおに》の仲間《なかま》なら、どうしておれたちを助《たす》けてくれたんだ……？」

大翔《ひろと》は、警戒《けいかい》しながら訊《き》いた。

本能《ほんのう》が警告《けいこく》する。……さっきまでの鬼《おに》たちより、ヤバイ。

「仲間《なかま》ではない。むしろ、黒鬼《くろおに》のやりかたは好《す》かんわ」

叉鬼《またぎ》はこたえた。

「やつは、獲物《えもの》をいたずらに苦《くる》しめるからな。無益《むえき》な苦痛《くつう》や殺生《せっしょう》を好《この》まぬ、ワシのやりかたとはまるで相容《あいい》れぬ。ちょいと邪魔《じゃま》をしてやろうと思《おも》うて、助《たす》けたのだ。ぬしら、鬼《おに》になる仲間《なかま》を止《と》めにいくらしいの？」

「あ、ああっ！」

大翔《ひろと》はうなずいた。

「協力《きょうりょく》してくれるのかっ？」

「いいや、やめておけえ。貴重《きちょう》な命《いのち》、むざむざ散《ち》らすことはあるめえ」

叉鬼《またぎ》は、ゆるりと首《くび》をふった。

「童《わらし》は童《わらし》らしく、家《いえ》に帰《かえ》れぇ。家《いえ》に帰《かえ》って、飯食《めしく》って、風呂《ふろ》はいって宿題《しゅくだい》して歯《は》ぁ磨《みが》いて寝《ね》れ」

「や、やなこった！」

大翔《ひろと》は首《くび》をふった。

「危険《きけん》は承知《しょうち》できてんだ！　いまさら、ひきかえすかってんだ！」

「ふむ。……耳《みみ》の1つでもおとせば帰《かえ》りたくなるかの？」

叉鬼《またぎ》はつぶやくと、流《なが》れるような動《うご》きで弓《ゆみ》に矢《や》を2本《ほん》つがえた。

悠《ゆう》と葵《あおい》にむけた。2人《ふたり》はぽかんとした。

――ひゅんひゅんっ！

「大場《おおば》っ！」「おうっ！」

荒井先生《あらいせんせい》と大翔《ひろと》は、瞬時《しゅんじ》に反応《はんのう》した。

荒井先生《あらいせんせい》が葵《あおい》をかばい、大翔《ひろと》が悠《ゆう》を突《つ》き飛《と》ばす。

猛《もう》スピードで飛《と》んできた矢《や》が、悠《ゆう》たちの耳《みみ》をかすめて、車《くるま》のボディに突《つ》きたった。ひいい……と悠《ゆう》が口《くち》もとをひきつらせている。

「おまえら、ぼうっとするな！　車《くるま》のかげにかくれろ！」

荒井先生《あらいせんせい》は、車《くるま》に突《つ》きたった矢《や》をひき抜《ぬ》いた。

お返《かえ》しとばかりにふりかぶって、叉鬼《またぎ》のほうへぶんなげる。叉鬼《またぎ》は木々《きぎ》のなかに姿《すがた》を消《け》した。

――ひゅんっ

また飛《と》んできた矢《や》が先生《せんせい》の耳《みみ》をかすめ、車《くるま》に突《つ》き刺《さ》さった。うっすらと血《ち》がにじむ。

「ふぇっふぇっふぇ。さあ、はやく帰《かえ》れぇ。帰《かえ》らんと耳《みみ》が、ポトリと落《お》ちるで。ポトリとな……」

「く、くそっ！」

荒井先生《あらいせんせい》は子供《こども》たちを押《お》しこむように、こわれた車《くるま》のかげに身《み》をかくした。

と、そのとき、合唱《がっしょう》がひびいてきた。

首《くび》をむけると、道路《どうろ》のむこうから、何台《なんだい》もの鬼《おに》タクシーが走《はし》ってくる。

『はっぴばーすでー　とぅー　ゆぅーー！
はっぴばーすでー　とぅー　ゆぅーー！
はっぴばーすでー　でぃあ　黒鬼章吾《くろおにしょうご》くぅ〜ん！
はっぴばーすでー　とぅー　ゆぅぅーー！』

「……くそ。招待客多《しょうたいきゃくおお》すぎだろ。芸能人《げいのうじん》の誕生会《たんじょうかい》だってこんなにこねえぞ」

荒井先生《あらいせんせい》は舌打《したう》ちした。

大翔《ひろと》たちを見下《みお》ろした。

「しかたねえ。おまえら、先《さき》に金谷《かなや》のところへむかえ。そっちの斜面《しゃめん》はまだなだらかだ。かけおりて森《もり》を突《つ》っきれ」

「せ、先生《せんせい》は？」

「大掃除《おおそうじ》だ」

車《くるま》のトランクレバーに、拳《こぶし》をたたきつけた。

ごちゃごちゃと物《もの》がつめこまれたトランクからロープをとりだし、ガードレールに巻《ま》きつけて下《した》へほうった。

バットをとりだし、ぶんぶんと素振《すぶ》りする。

「さあ、いけ。俺《おれ》はあとで追《お》いつく。いそがないと、金谷《かなや》が心配《しんぱい》だ」

「でも……」

「誕生会《たんじょうかい》なんて、ぶっこわしちまえ。金谷《かなや》の誕生日《たんじょうび》は、今日《きょう》じゃねえ。金谷《かなや》にはちゃんとほかに、祝《いわ》われるべき誕生日《たんじょうび》があるんだ。人間《にんげん》として生《う》まれた日《ひ》が」

大翔《ひろと》たちはうなずいた。

「さあ、いけ！」

矢《や》が飛《と》び、鬼《おに》たちの合唱《がっしょう》が近《ちか》づいてくる。

大翔《ひろと》たちは、車《くるま》のかげから飛《と》びだした。

ガードレールを飛《と》び越《こ》える。ロープをにぎりしめ、急《きゅう》な斜面《しゃめん》に足《あし》を踏《ふ》みだす。

「まかせたぞっ！　金谷《かなや》を救《すく》えっ！」

荒《あら》井《い》先《せん》生《せい》の声《こえ》を背《せ》に、ころがるように森《もり》へおりていった。

間《かん》章《しょう》

数刻前《すうこくまえ》。

「おーう、おっかえりぃ〜」

章吾《しょうご》が玄関《げんかん》ドアをあけると、キッチンからあまいにおいがただよってきた。

ひろびろとしたリビングには、豪華《ごうか》な絨毯《じゅうたん》にソファ。

天井《てんじょう》にはシャンデリアがぶらさがり、部屋《へや》をあかあかとてらしだす。

「ちょっと待《ま》ってろよ〜。いま、ケーキ、つくってるからな〜」

ツノウサギが、キッチンでいそいそとたち働《はたら》いている。

ふわふわしたウサギみたいな体《からだ》に、耳《みみ》の代《か》わりに2本《ほん》のツノが生《は》えた鬼《おに》だ。本人《ほんにん》（鬼《おに》）

いわく、地獄《じごく》でも最強最悪《さいきょうさいあく》の悪鬼《あっき》。

悪鬼《あっき》はいま、パタパタと翼《つばさ》をゆらしながら、ケーキ生地《きじ》に生《なま》クリームを塗《ぬ》りたくっていた。

みじかい手足《てあし》で、デコレーションナイフを器用《きよう》にあやつっている。

「お誕生会《たんじょうかい》っていったら、ケーキだからな！　しかも定番《ていばん》といったら、イチゴのショートだからな！　おいしーぜえ～。名前《なまえ》も書《か》いちゃうぜえ～！　キャキャキャ！」

高《たか》らかに笑《わら》いながら、ケーキにイチゴをのせていく。

チョコホイップで『HAPPY《ハッピー》　BIRTHDAY《バースデー》　くろおにしょうご』と書《か》くと、彩《いろど》りにハーブを添《そ》えた。

「ローソクは何本《なんぼん》たてる～？　鬼年齢《おにねんれい》としてはまだ〇歳《ゼロさい》なわけだから、ほんとなら〇本《ゼロほん》なんだけど……味気《あじけ》ねえよなあ？　どうする？　章吾《しょうご》お」

ローソクのはいった箱《はこ》をシャカシャカやりながら、悩《なや》んでいる。

「……はあっ……はあっ」

章吾《しょうご》は、返事《へんじ》をしなかった。

「はあっ……はあっ……はあっ……！」

玄関《げんかん》の壁《かべ》にもたれかかるようにして、苦《くる》しそうに息《いき》を荒《あら》らげている。

うつむき、胸《むね》に手《て》をあてて、こめかみにはびっしりと汗《あせ》がうかんでいる。

章吾《しょうご》はくつを乱暴《らんぼう》に脱《ぬ》ぎ捨《す》てると、早足《はやあし》でリビングを横《よこ》ぎった。

寝室《しんしつ》にはいると、ドアをたたき閉《し》めた。

ツノウサギが翼《つばさ》をすくめる。

「……無視《むし》はよくないよね。鬼《おに》だって傷《きず》つくよね」

「やあ、ツノウサギくん。お誕生会《たんじょうかい》の準備《じゅんび》、進《すす》んでる？」

あとから玄関《げんかん》にはいってきた杉下先生《すぎしたせんせい》が、ニコニコといった。

「ぬかりねえぜ。最高《さいこう》のイチゴのショートが焼《や》きあがった。あとの心配《しんぱい》は、きちんと等分《とうぶん》にきりわけられるかどうかだ。ケーキはきったサイズがちがうと、ケンカのもとだからな！」

「うん、どうでもいいかな。招待客《しょうたいきゃく》たちへの案内《あんない》、よろしくね。たくさん招待状《しょうたいじょう》、送《おく》ったからさ」

「天下《てんか》の黒鬼《くろおに》のお誕生会《たんじょうかい》だからな〜。ヒマな鬼《おに》たちがたくさんきそうだ」

ツノウサギは寝室《しんしつ》をみやった。

「肝心《かんじん》の章吾《しょうご》は、だいじょぶなのん？　あれ」

「問題《もんだい》ないよ。順調《じゅんちょう》だ」

「ま、いーけど。ところで、ローソクは何本《なんぼん》がいいと思《おも》う？　ほんとなら０本《ゼロほん》なんだけど、やっぱり誕生会《たんじょうかい》っていったら、火《ひ》、ふき消《け》さねーと」

「キミ、人間《にんげん》の文化《ぶんか》にかぶれすぎじゃない？」

杉下先生《すぎしたせんせい》はニコニコと笑《わら》った。

＊

「はあっ……はあっ……はあっ……！」

真《ま》っ暗《くら》な寝室《しんしつ》のなかで、章吾《しょうご》は立《た》ちつくしていた。

閉《と》ざされ、塗《ぬ》り固《かた》められた雨戸《あまど》からは、一切《いっさい》の光《ひかり》が射《さ》しこまない。
部屋《へや》のなかには、物《もの》があふれている。
大画面《だいがめん》テレビに、たくさんのゲーム機《き》。
タブレット、パソコン。
ワードローブにずらりとならぶしゃれた洋服《ようふく》、本棚《ほんだな》につめこまれた大量《たいりょう》のマンガ。
天蓋《てんがい》つきのふかふかベッド。
机《つくえ》のうえには写真立《しゃしんた》てが飾《かざ》られ、勉強道具《べんきょうどうぐ》がひろげられている。
机《つくえ》の横《よこ》にかけられたランドセル。

「……はあっ、はあっ、はあっ……！　はあっ、はあっ！」

部屋《へや》のなかに、荒《あら》い息遣《いきづか》いがひびく。
章吾《しょうご》は体《からだ》を折《お》りまげて、苦《くる》しげに胸《むね》をかきむしる。

「はあっ、はあっ、はあっはあっ！　……う、うう、ううう……！」

息《いき》はどんどんと荒《あら》くなり、獣《けもの》のようなうなりがまじっていき、そして。

「ううううう——うっがあああああああああーっっ!!」

章吾《しょうご》はほえた。

あばれはじめた。

鉤爪《かぎづめ》をふるった。

テレビ画面《がめん》が粉々《こなごな》にくだけ散《ち》った。

電子回路《でんしかいろ》がむきだしになり、ガラスの破片《はへん》が床《ゆか》に散《ち》らばった。

「があっ！」

左足《ひだりあし》をけりつけた。

本棚《ほんだな》がふっ飛《と》びたおれ、マンガやゲーム機《き》が床《ゆか》にころがった。踏《ふ》みつぶした。

「うがあああっ！」

ハンガーにかかった服《ふく》を裂《さ》いた。

ひっつかむと、牙《きば》で咬《か》み裂《さ》いた。繊維《せんい》のひきちぎれる音《おと》がひびいた。

力《ちから》まかせにベッドをたたきこわす。

木《き》の脚《あし》を1本《ぽん》1本《ぽん》もぎとって、マッチ棒《ぼう》のようにへし折《お》る。

グルルル……。

獣《けもの》のようなうなり声《ごえ》は、自分《じぶん》ののどの奥《おく》からもれているらしい。

（……俺《おれ》、いったい、どうしちまったんだ……？）

ぼんやりした頭《あたま》の片《かた》すみで、章吾《しょうご》は、そう思《おも》った。

自分《じぶん》の体《からだ》なのに、自分《じぶん》でコントロールできない。

自分《じぶん》が自分《じぶん》じゃなくなってしまったみたいだ。

高熱《こうねつ》におかされたみたいに体《からだ》が熱《あつ》くて、頭《あたま》がぼんやりしてなにも考《かんが》えられない。

なのに、〝なにもかもぶっこわしてやりたい〟という衝動《しょうどう》だけが、あとからあとから湧《わ》きあがってきて、止《と》めることができない……。


机《つくえ》のうえをなぎ払《はら》った。

ランドセルをひき裂《さ》いた。

なかにはいっていた学校《がっこう》の教科書《きょうかしょ》も、ノートも、筆箱《ふでばこ》も、全部《ぜんぶ》全部《ぜんぶ》バラバラにひき裂《さ》いてやった。

部屋《へや》は、あっという間《ま》に残骸《ざんがい》の山《やま》と化《か》した。


グルルルル……

章吾《しょうご》は首《くび》をめぐらせた。

まだ原形《げんけい》をとどめたままの品《しな》をみつけて、近《ちか》づいていった。

鉤爪《かぎづめ》をふりあげる。

それがなにかも確認《かくにん》しないまま、破壊《はかい》しようとする。

ハッとして、章吾《しょうご》は動《うご》きを止《と》めた。

「はあっ、はあっ、はあっ……！　く、くそっ！　俺《おれ》、どうしちまったんだよ……！」

床《ゆか》にへたりこみ、息《いき》を荒《あら》らげながら、必死《ひっし》に左手《ひだりて》を押《お》さえつける。


「……心配《しんぱい》いらないよ。順調《じゅんちょう》に鬼《おに》になっていってる証拠《しょうこ》さ」


声《こえ》にふりむくと、寝室《しんしつ》の入《い》り口《ぐち》に、杉下先生《すぎしたせんせい》がたっていた。

いつものように、スマホのカメラを章吾《しょうご》にむけている。

「『ぶっこわしたい』っていう破壊衝動《はかいしょうどう》は、鬼《おに》の本性《ほんしょう》の1つなんだ。圧倒的《あっとうてき》な暴力《ぼうりょく》によって、形《かたち》あるものをなにもかも、ぶっこわしてやりたい……鬼《おに》の心《こころ》が章吾《しょうご》くんを駆《か》りたてているんだ」

リビングの光《ひかり》が逆光《ぎゃっこう》となって、しゃべる杉下先生《すぎしたせんせい》の表情《ひょうじょう》は見《み》えない。

カシャッカシャッと、カメラのシャッターをきる音《おと》がひびく。

「正常《せいじょう》なことだよ、若《わか》い鬼《おに》にとっては。心配《しんぱい》いらない。だいじょうぶさ」

小学校《しょうがっこう》で先生《せんせい》をしていたころ、子供《こども》たちの悩《なや》み相談《そうだん》にこたえて、「だいじょうぶさ」とはげましていたときと同《おな》じ口調《くちょう》で笑《わら》う。

章吾《しょうご》はぜえぜえと息《いき》を吐《つ》きながら、杉下先生《すぎしたせんせい》をにらみあげた。

「お、俺《おれ》は、鬼《おに》じゃねえ……。人間《にんげん》だぞ……」

「うふふ、そうだよね。章吾《しょうご》くんは、鬼《おに》になるつもりはなかったんだよね。鬼《おに》の力《ちから》だけいただいたら、ボクの後継者《こうけいしゃ》になんてならずに、ボクをやっつけてさっさと逃《に》げるつもりだったんだよね」

またカメラのシャッターをきった。

おどろいた顔《かお》で写《うつ》った章吾《しょうご》の写真《しゃしん》をながめながら、

「うふふ。かわいい教《おし》え子《ご》の考《かんが》えてることなんて、お見通《みとお》しなんだよ。でも章吾《しょうご》くん、残念《ざんねん》ながら、心《こころ》はヒトのまま、鬼《おに》の力《ちから》だけ手《て》にいれることなんてできないんだ。器《うつわ》の形《かたち》が変《か》われば、そこに注《そそ》がれる水《みず》の形《かたち》も変《か》わるように、鬼《おに》の体《からだ》には鬼《おに》の心《こころ》しかはいらない。そこから逃《のが》れることは、だれにもできない」

また、カメラのシャッターをきる。

「体《からだ》が半分鬼《はんぶんおに》になったことで、章吾《しょうご》くんの心《こころ》も、鬼《おに》になりつつあるんだ。いま章吾《しょうご》くんのなかでは、ヒトの心《こころ》と鬼《おに》の心《こころ》がせめぎあっているんだよ。だからつらいんだ。苦《くる》しいんだ。その苦《くる》しみを、若《わか》さっていうんだ。うふふふふふ」

(こ、心《こころ》が鬼《おに》になりつつある、だと……)

頭《あたま》がぼうっとして、なにも考《かんが》えられない。

黒鬼《くろおに》の言葉《ことば》が、耳《みみ》から頭《あたま》にじわじわと侵入《しんにゅう》して、脳《のう》みそを直接《ちょくせつ》いじくってくるみたいだ。

「さあ、もう一息《ひといき》だ」

杉下先生《すぎしたせんせい》はいった。

「のこりの体《からだ》も、鬼《おに》にしてしまおう。完全《かんぜん》に鬼《おに》になってしまえば、苦《くる》しさも消《き》えるよ」

「……い、いやだ」

章吾《しょうご》は、ぶるぶると首《くび》をふった。

「お、俺《おれ》は、俺《おれ》だ……。鬼《おに》になんて……てめえらの仲間《なかま》になんて、ならねえ……」

「あのね、キミはもう鬼《おに》なんだ。鬼《おに》じゃなかったら、友達《ともだち》のこと、あんな目《め》で見《み》ないんだよ」

杉下先生《すぎしたせんせい》は、駄々《だだ》をこねる子供《こども》をあやすようにいった。

「『鬼《おに》になんてなっちゃいねえよ。中身《なかみ》は俺《おれ》のままだ』。大翔《ひろと》くんに、そういってたね。だめだよ、ウソついたら」

「…………」

「大翔《ひろと》くんは信《しん》じてたみたいだけど、先生《せんせい》はわかっちゃった。章吾《しょうご》くんがそういいながら、ぜんぜんちがうこと考《かんが》えてるのが。章吾《しょうご》くんの鬼《おに》の心《こころ》が、ニタニタ考《かんが》えていることが」

にったあっ、と牙《きば》をむいて笑《わら》った。

「『大翔《ひろと》の首《くび》にかじりついて、肉《にく》を咬《か》み裂《さ》いてのみこんだら、うまいんだろうなあ』――思《おも》ってたくせに。うふふふふふ」

「――だ、だまれえええええええええっ！」

章吾《しょうご》はほえると、杉下先生《すぎしたせんせい》に飛《と》びかかった。

鉤爪《かぎづめ》をふりあげ、力《ちから》まかせにふり下《お》ろす。

杉下先生《すぎしたせんせい》は、かるく章吾《しょうご》の背後《はいご》にまわった。

章吾《しょうご》の首《くび》に手刀《しゅとう》をおとした。

「うふふ。もうちょっとだよ。完全《かんぜん》な鬼《おに》になれば、ボクよりも強《つよ》くなれるからね」

力《ちから》が抜《ぬ》けた章吾《しょうご》を抱《だ》きかかえ、ニコニコと笑《わら》っている。

「さあ、おめかししよう。立派《りっぱ》な黒鬼《くろおに》に生《う》まれ変《か》わって、みんなにお祝《いわ》いしてもらうんだ。おいしい食事《ともだち》も招待《しょうたい》してある。いまごろ、ここへむかってるはずだ」

「ひ、ひろと……。さくらい……みやはら……」

章吾《しょうご》は手《て》をのばした。

「き、きちゃ、だめだ……」

「ふふ。よほど友達《ともだち》が大切《たいせつ》なんだね。でも章吾《しょうご》くん、そろそろ卒業《そつぎょう》の時間《じかん》だ。人間《にんげん》としての人生《じんせい》に、お別《わか》れを告《つ》げる心《こころ》の準備《じゅんび》はいいかい?」

「……うう」

「目《め》が覚《さ》めたとき、章吾《しょうご》くんは人間《にんげん》の心《こころ》をすべてなくして、1匹《ぴき》の鬼《おに》として誕生《たんじょう》するんだ。心《こころ》のこりはないかい？」

「お、お母《かあ》さん……」

章吾《しょうご》の目《め》のはしから、ぽろぽろっと涙《なみだ》が伝《つた》い落《お》ちた。

「お母《かあ》さん、お母《かあ》さん……」

「そうだね。お母《かあ》さんも、大切《たいせつ》だったね。だいじょうぶ、なにも心配《しんぱい》いらないよ。章吾《しょうご》くんの大切《たいせつ》な人《ひと》たち。目《め》が覚《さ》めたときには、もうなんの心配《しんぱい》もないようにしておくからね。うふふ。うふふふふふふっ……」

笑《わら》う杉下先生《すぎしたせんせい》。

章吾《しょうご》は気《き》を失《うしな》う。

寝室《しんしつ》の床《ゆか》には、お母《かあ》さんの写真《しゃしん》がはいった、写真立《しゃしんた》てがころがっている。

＊

『ね、ねえ……。黒鬼様《くろおにさま》は、ほんとに章吾《しょうご》を鬼《おに》にするつもりなの……？』

声《こえ》とともに、キッチンの床《ゆか》に影《かげ》がうつった。

「影鬼《かげおに》じゃん。なにをいまさら。最初《さいしょ》から、その予定《よてい》だったろ？」

ツノウサギは、ボウルのなかのカスタードクリームをかきまぜながらこたえた。

スプーンですくって一舐《ひとな》めすると、あまさがたりないと砂糖《さとう》をドバドバ投入《とうにゅう》する。

『章吾《しょうご》、とても苦《くる》しそうだ。見《み》てらんないよ……』

「おまえはほんと、章吾《しょうご》が好《す》きだなあ。鬼《おに》のくせに、人間《にんげん》びいきになっちゃって」

床《ゆか》にうつっているのは、ひたいにツノが生《は》えた、子供《こども》の影《かげ》。

平面世界《へいめんせかい》に棲《す》む鬼《おに》——影鬼《かげおに》だ。

「だいたい、おまえが章吾《しょうご》を誘《さそ》ったんじゃねえか。鬼《おに》の力《ちから》を与《あた》えてあげるっていってさ」

ツノウサギは翼《つばさ》をすくめた。

『おいら、こんな風《ふう》になるだなんて、思《おも》ってなかった。章吾《しょうご》と友達《ともだち》になれるって黒鬼様《くろおにさま》にいわれて、誘《さそ》っただけなんだ。相手《あいて》のほしいものをあげれば、友達《ともだち》になれるからって。章《しょう》吾《ご》は力《ちから》をほしがってるから、鬼《おに》の力《ちから》をあげれば、友達《ともだち》になれるからって』

影鬼《かげおに》はうつむいた。

『でも章吾《しょうご》は苦《くる》しそうだし、おいら、章吾《しょうご》の友達《ともだち》になれてない。悲《かな》しいよ』

「……友達《ともだち》のつくりかた、まちがったんじゃね？　相手《あいて》のほしいものをあげれば友達《ともだち》になれるとか、そういうものではないんじゃね？　知《し》らんけど」

『じゃあ、どうすれば友達《ともだち》になれるの……？』

「だから知《し》らんって」

ツノウサギはふたたび翼《つばさ》をすくめた。

思《おも》いついたように、いい足《た》した。

「あえていうなら……真似《まね》してみりゃあいいんじゃね？」

『……なんの？』

「人間《にんげん》の。人間《にんげん》の、友達《ともだち》のつくりかた」

ツノウサギはまたカスタードクリームを一舐《ひとな》めすると、砂糖《さとう》を山盛《やまも》りぶちこんだ。

2 ハンティング

1

「ちょっと待《ま》って、ヒロト！　ストップ、ストップ！」

悠《ゆう》の言葉《ことば》に、大翔《ひろと》はピタリと足《あし》を止《と》めた。

「また、ヤバイ感《かん》じか？」

「うん。その先《さき》は、なんとなーく、いやな感《かん》じがするよ……」

悠《ゆう》が、前方《ぜんぽう》の地面《じめん》のあたりを指《ゆび》さしていう。

葵《あおい》が、多《おお》すぎるわね、と肩《かた》をすくめた。

森《もり》のなかだった。

枯《か》れ葉《は》が積《つ》もり、木々《きぎ》が絡《から》まるようにのびて生《お》い茂《しげ》っていて、見通《みとお》しが悪《わる》い。

地面《じめん》に、特《とく》に怪《あや》しいところはなかった。

大翔《ひろと》は、腰《こし》のベルトから木刀《ぼくとう》をひき抜《ぬ》くと、前方《ぜんぽう》の地面《じめん》に突《つ》き刺《さ》した。

慎重《しんちょう》に押《お》しながら歩《ある》いていくと、手《て》ごたえが変《か》わった。

力《ちから》をこめて押《お》すと、バサッ……と、土《つち》が落《お》ちる。

おとし穴《あな》だ。

のぞきこむと、3メートルほどの穴《あな》の底《そこ》に、とがった竹《たけ》が突《つ》き刺《さ》さっている。

「こんなワナ、ひっかかるかってんだ」

大翔《ひろと》は、ふんっ、と鼻息《はないき》を吐《つ》いた。

「なんたって、こっちには歩《ある》く〝いやな予感《よかん》〟レーダーこと、悠《ゆう》がいるんだもんな」

「それほどでも……」

悠《ゆう》がてれたように頭《あたま》をかく。

悠《ゆう》には昔《むかし》から、妙《みょう》に直感《ちょっかん》がするどいところがあるのだ。森《もり》にはたくさんのワナがしかけられているが、悠《ゆう》がいやな予感《よかん》がする道《みち》を避《さ》けていけば、たいていのワナは回避《かいひ》できるはずだ。

大翔《ひろと》は、空《そら》を見《み》あげた。

真《ま》っ黒《くろ》で重《おも》たそうな雲《くも》が、ごうごうと空《そら》にひろがっている。陽《ひ》はかくれ、まだ午前中《ごぜんちゅう》のはずなのに、あたりは暗《くら》かった。

みわたすかぎり同《おな》じ景色《けしき》の、だだっぴろい森《もり》。

迷《まよ》う心配《しんぱい》はなかった。北西《ほくせい》の方角《ほうがく》に、ときおり、花火《はなび》があがっているからだ。ごていねいに、会場《かいじょう》の場所《ばしょ》を知《し》らせてくれているらしい。

「あんまりアテにしないでね。さっきからずっと、いやな感《かん》じがしてるくらいなんだ」

悠《ゆう》が、不安《ふあん》そうにあたりを見《み》まわした。

「ずっと？」

「うん。森《もり》にはいってすこししてから、ずっと。背《せ》すじがぞわぞわしてる」

「こんな状況《じょうきょう》じゃ、とうぜんよね」

葵《あおい》がおとし穴《あな》をのぞきこんで、まゆをひそめている。

「ともかく、進《すす》もう。先《さき》をいそがなくちゃ」

大翔《ひろと》はおとし穴《あな》を、ぐるっとまわりこんで進《すす》んでいく。

「またいやな予感《よかん》がしたらいってくれ、悠《ゆう》」

「うん。そっちの道《みち》もいやな予感《よかん》がする」

「もうちょっとはやくいってくれえっ！」

バサッと足《あし》もとの土《つち》が崩《くず》れ落《お》ちる。

間一髪《かんいっぱつ》、おとし穴《あな》のふちに手《て》をかけ、大翔《ひろと》は口《くち》もとをひきつらせた。

＊　＊　＊

3人《にん》の後方《こうほう》、約《やく》100メートル。

カサリ——風《かぜ》もないのに茂《しげ》みがゆれた。

「……ひっかからんか。よほどカンのいい童《わらし》がいるようだ」

あらわれたのは、叉鬼《またぎ》だった。

大翔《ひろと》たちが歩《ある》き去《さ》るのを待《ま》って、足音《あしおと》もなく近《ちか》づいてくると、地面《じめん》にかがみこんだ。

じいっ……と、目隠《めかく》し越《ご》しに地面《じめん》をみつめている。

「……なるほど、この童《わらし》か」

のぞきこんでいるのは、足跡《あしあと》だった。

目《め》をこらさないとわからないような、うっすらと土《つち》にのこっただけの、3人《にん》の足跡《あしあと》だ。

叉鬼《またぎ》は、足跡《あしあと》の1つを指《ゆび》でなぞった。

「11……12歳《さい》か。身長《しんちょう》140センチ後半《こうはん》、体重《たいじゅう》40キロというところか。マイペースで、気《き》のやさしい童《わらし》だの。臆病《おくびょう》だが、危険《きけん》を察知《さっち》する感覚《かんかく》がするどい。無意識《むいしき》に、ワシの気配《けはい》に感《かん》づいとるようだ」

と、べつの足跡《あしあと》を指《ゆび》でなぞった。

「こちらも12歳《さい》。身長《しんちょう》150センチ、体重《たいじゅう》は……女童《おんなわらし》か、いうまい。芯《しん》が強《つよ》く、頭《あたま》のよい童《わらし》だ。冷静《れいせい》さを失《うしな》わず、仲間《なかま》を案《あん》じて気《き》づかっている。ふぇふぇっ。なるほど、なるほど」

満足《まんぞく》そうにうなずいている。

「……これは存外《ぞんがい》、バカにしたものでもないかもしれぬ」

と、茂《しげ》みがガサガサッとゆれて、仔犬《こいぬ》がぴょこりと顔《かお》をだした。

小《ちい》さな体《からだ》に、まるで似合《にあ》わないトゲだらけの首輪《くびわ》をつけた仔犬《こいぬ》だ。つぶらな瞳《ひとみ》で叉鬼《またぎ》を見《み》あげ、パタパタとシッポをふっている。

「ケルか。獲物《えもの》のにおいは覚《おぼ》えたか？」

仔犬《こいぬ》は、ハッハッと舌《した》をだし、叉鬼《またぎ》の足《あし》に頭《あたま》をすりつけた。ねだるように、せっせとお手《て》をしている。叉鬼《またぎ》は首《くび》をふった。

「ならん。獲物《えもの》は自分《じぶん》で狩《か》らねばならん。働《はたら》かざる者《もの》、喰《く》うべからずだ。それが猟犬《りょうけん》というものよ」

仔犬《こいぬ》は、ふてくされたように叉鬼《またぎ》に尻《しり》をむけた。

叉鬼《またぎ》は、またかがみこんで足跡《あしあと》をさぐった。

「153センチ、45キロ。運動能力《うんどうのうりょく》に優《すぐ》れた童《わらし》だが……なにより、強《つよ》い意志《いし》があるな。おもしろい……」

叉鬼《またぎ》は、忍《しの》び笑《わら》いをもらした。

仔犬《こいぬ》が、キュウン？　と首《くび》をかしげた。

「ふぇふぇっ……。よい。なかなかの獲物《えもの》たちだ。不屈《ふくつ》の意志《いし》を持《も》った獲物《えもの》を追《お》いたて、追《お》いつめ、命《いのち》を狩《か》りとる……血《ち》がたぎるというものよ」

外套《がいとう》の下《した》から鉛色《なまりいろ》の笛《ふえ》をとりだし、にやりと笑《わら》った。

「いくぞ、ケル。狩《か》りの時間《じかん》だ」

仔犬《こいぬ》がおすわりをして、ワンッとほえた。

2

大翔《ひろと》は、背《せ》の高《たか》い木《き》にひょいひょいとよじ登《のぼ》ると、むこうの様子《ようす》をうかがった。修業《しゅぎょう》のおかげで、木登《きのぼ》りはお手《て》のものなのだ。

目的地《もくてきち》まで、のこり半分《はんぶん》ってところか。

濃《こ》い霧《きり》がたちこめていて、花火《はなび》の下《した》になにがあるのかは見《み》えない。風《かぜ》で雲《くも》は流《なが》れていくのに、その霧《きり》はまるで晴《は》れない。

目的地《もくてきち》までのルートを確認《かくにん》する。

うえから見《み》るかぎり、目的地《もくてきち》にたどりつくためには、両《りょう》はしを崖《がけ》にはさまれたほそい一《いっ》本道《ぽんみち》をとおらなければならない。

「……黒鬼《くろおに》のやつ、ほんと、ふざけてるよな」

双眼鏡《そうがんきょう》をのぞきこんで、大翔《ひろと》はため息《いき》を吐《つ》いた。

その一本道《いっぽんみち》に、たくさんの鬼《おに》が待《ま》ちかまえているのがわかったからだ。

餓鬼《がき》だった。

メッセージの書《か》かれた横断幕《おうだんまく》を掲《かか》げ、道《みち》の両《りょう》わきに、ずらりと整列《せいれつ》して待《ま》ちかまえている。

『お誕生会会場《たんじょうかいかいじょう》、この道《みち》の先《さき》⇐
ぜったいにおそわないから、安心《あんしん》してとおり抜《ぬ》けていってね☠
ぜったいにおそわないよ☠』

「〝100%《パーセント》おそってくる〟に、おこづかい全部《ぜんぶ》賭《か》けるわ」

「ぼくもおそってくるほうに、持《も》ってるゲーム全部賭《ぜんぶか》ける」

木《き》をおりて大翔《ひろと》が報告《ほうこく》すると、葵《あおい》と悠《ゆう》がくちぐちにいった。大翔《ひろと》も同意見《どういけん》だ。フリがひどすぎるだろう。

「そこをとおらないですむルートはないの？」

「霧《きり》が濃《こ》くて、よく見《み》えないんだ。あったとしても、全部《ぜんぶ》、あんな感《かん》じなんじゃねえか……」

「ともかく、もうすこし近《ちか》づいてみましょ」

3人《にん》は森《もり》を進《すす》んでいった。

進《すす》むごとに、ワナは増《ふ》えていった。おとし穴《あな》のほか、トラバサミ（踏《ふ》むと足《あし》をはさんでくるやつ）がたくさんしかけられている。

鬼《おに》もいる。牛鬼《ぎゅうき》や餓鬼《がき》が、ガサガサと落《お》ち葉《ば》を踏《ふ》みつけながら、森《もり》をうろついている。数《かず》も増《ふ》えてきた。

「も、もうムリだよう……」

「これ以上《いじょう》みつからないように進《すす》むのは、きびしいかも……」

強行突破《きょうこうとっぱ》するしかないのか？　でも、章吾《しょうご》のもとへ着《つ》くまでなるべく敵《てき》にみつからないように進《すす》めって、荒井先生《あらいせんせい》はいっていた。

鬼《おに》を避《さ》けてまわり道《みち》しながら進《すす》むと、森《もり》のなかに拓《ひら》けたところがあった。

丸太《まるた》でできた小屋《こや》が2つ、ならんで建《た》っていた。

1つは、キャンプ場《じょう》なんかでよく見《み》るコテージだ。はりだしたベランダに、木《き》のテーブルと、イスが数脚《すうきゃく》おかれている。レンガで組《く》んだ焚《た》き火台《びだい》もある。

もう1つは、やたらシンプルなつくりの小屋《こや》だ。でっかい箱《はこ》に、三角屋根《さんかくやね》をつけただけ、みたいな形《かたち》をしている。大《おお》きな縦穴《たてあな》が空《あ》いただけの入《い》り口《ぐち》に、なかはだだっぴろい床《ゆか》がひろがり、ボロ布《ぬの》が敷《し》かれている。

屋根《やね》の下《した》には、『Kerberos《ケルベロス》』と彫《ほ》られた木板《もくはん》が貼《は》りつけられていた。

「なんだ？　この建物《たてもの》」

小屋《こや》のまわりには、背《せ》の高《たか》い金網《かなあみ》がはりめぐらされていた。ところどころやぶれて、めくれあがっている。

あたりに鬼《おに》の気配《けはい》はない。
しずまりかえっている。まるで、鬼《おに》たちがこの一帯《いったい》を避《さ》けているかのように。

グルルル……

と、うしろからうなり声《ごえ》が聞《き》こえた。
ふりむくと、ガサガサと茂《しげ》みをかきわけて、仔犬《こいぬ》が進《すす》みでてくるところだった。
小《ちい》さな体《からだ》に、似合《にあ》わないゴツい首輪《くびわ》をつけている。
四肢《しし》を踏《ふ》んばって3人《にん》をにらみ、小《ちい》さな牙《きば》をむいてうなり声《ごえ》をあげる。
そのひたいには、これまた小《ちい》さなツノが3本《ぼん》。
「ほんとに鬼《おに》だらけだな。2人《ふたり》とも、はなれろ！」
大翔《ひろと》は、スリングショットをかまえた。
ビー玉《だま》をつがえて、仔犬《こいぬ》にむける。この距離《きょり》なら、はずさないだろう。

……キュウン？

仔犬《こいぬ》はうなるのをやめると、ぴょこんと首《くび》をかしげて大翔《ひろと》を見《み》た。

シッポをくるんとまるめて、股《また》のあいだにはさみこむと、ころんとあおむけになって、腹《はら》をまるだしにする。

キャウン、キャウン……

「降参《こうさん》だってよ？　ヒロト」

「降参《こうさん》？」

……まだ戦《たたか》ってもねえんだけど。

「犬《いぬ》がおなかをだすのは、『まいりました』ってポーズなんだ。おそってはきたけど、『あ、こりゃかなわないや』って秒《びょう》で悟《さと》って、ゴメンナサイしてるんじゃないかな？」

「そこはさすがに、もうちょっとがんばれよ……」

大翔《ひろと》は肩《かた》をおとした。鬼《おに》にもほんとに、いろんなやつがいるのだ。

仔犬《こいぬ》は、パタパタとシッポをふると、悠《ゆう》の足《あし》もとにまとわりついてきた。

ハッハッと舌《した》をだし、お手《て》をしている。

「だいじょうぶだよ〜。怖《こわ》くないよ〜」

悠《ゆう》は仔犬鬼《こいぬおに》の頭《あたま》をなでると、リュックからクッキーをとりだして与《あた》えた。

仔犬《こいぬ》はうれしそうにシッポをふって、ガツガツと食《た》べている。

「それじゃ、いこうか」


ピピイッ！


と、どこからか甲高《かんだか》い音《おと》がひびいた。

「なんだ？　いまの……」

「気《き》をつけて。……犬笛《いぬぶえ》だわ」

葵《あおい》が油断《ゆだん》なくあたりをみわたす。

「犬《いぬ》に命令《めいれい》をだすために使《つか》う笛《ふえ》よ。人間《にんげん》の耳《みみ》には聞《き》こえない周波数《しゅうはすう》の音《おと》を含《ふく》んでいて……きゃっ！」

解説《かいせつ》のとちゅうで悲鳴《ひめい》をあげると、な、なにこれ……と足《あし》もとを指《ゆび》さす。

その先《さき》にいるのは、さっきの仔犬《こいぬ》だ。

ガツガツとクッキーを食《た》べおえると、もっとくれ、というように頭《あたま》をあげてほえた。

ワワンッ！

鳴《な》き声《ごえ》は、2つだぶって聞《き》こえた。

……仔犬《こいぬ》の頭《あたま》は、2つあった。

1つの胴体《どうたい》から、枝分《えだわ》かれするように、2本《ほん》の首《くび》がのびているのだ。

ピピイッ！

大翔《ひろと》たちは目《め》を見張《みは》った。

仔犬《こいぬ》の頭《あたま》が、また増《ふ》えたのだ。

まるでそういう形《かたち》の植物《しょくぶつ》みたいに、にょきにょきっと生《は》えてきて、3つになった。

ワワワンッ！　とこんどはトリプルでほえた。


ピュピュイッ！


――仔犬《こいぬ》の全身《ぜんしん》の毛《け》が、針《はり》のように逆《さか》だった。

体《からだ》がふくらんでいく。巨大《きょだい》なバルーンみたいに。

みじかい脚《あし》が、みるみる長《なが》く、太《ふと》くなり、胴《どう》がふくれあがって、1メートル、2メートル、3メートル……。

大翔《ひろと》たちは、ぽかんとした。

かるくゾウより大《おお》きくなった。わきの小屋《こや》と同《おな》じくらい。

仔犬《こいぬ》を見下《みお》ろしていたはずなのに、あっという間《ま》に巨犬《きょけん》に見下《みお》ろされている。

「……なるほど。それでKerberos《ケルベロス》か」

葵《あおい》がうなずいた。

「神話《しんわ》に登場《とうじょう》する地獄《じごく》の魔犬《まけん》ケルベロスは、３つの頭《あたま》を持《も》つ猛犬《もうけん》なの。これ、犬小屋《いぬごや》だったのね」

「いってる場合《ばあい》かよ……」

ケルベロスは行儀《ぎょうぎ》よく座《すわ》って、じっと３人《にん》を見下《みお》ろしている。

巨大《きょだい》な３つの頭《あたま》のひたいにはツノ。口《くち》からのぞく牙《きば》は、子供《こども》なんてすりつぶしてしまいそうに太《ふと》い。

「……お手《て》」

悠《ゆう》がおそるおそる、手《て》をさしだした。

ピピピイッ！

ウオオオオオオオオオオオオオンッ！

笛《ふえ》の音《おと》と同時《どうじ》に、三《み》つ首《くび》がほえた。

大翔《ひろと》たちは、一目散《いちもくさん》に逃《に》げだした。

3

ダッダッダッダッダッダッダッ……


森《もり》のなかに、重《おも》たい足音《あしおと》がひびく。

走《はし》る3人《にん》のうしろで、木々《きぎ》がめりめりっと音《おと》をたてて左右《さゆう》にわかれる。ハッハッハッ……舌《した》をだして追《お》ってくる、重量級《じゅうりょうきゅう》のバケモノ。草木《くさき》をなぎたおしながら、ケルベロスが追《お》いかけてくる。

「逃《に》げきるのはムリよ！」

「しかたねえっ！　やっつけるぞっ！」

大翔《ひろと》は一番《いちばん》うしろにまわった。

悠《ゆう》たちと左右《さゆう》にわかれて走《はし》る。

「こっちだ、ワンころ！　きやがれっ！」

大翔《ひろと》がさけぶと、ケルベロスは3つの頭《あたま》を突《つ》きあわせた。

ガウッ？　ワンッ！　グオン……頭同士《あたまどうし》でなにやらほえあっている。審議中《しんぎちゅう》……。


ワン！　ワワワンッ！


左《ひだり》の頭《あたま》が、悠《ゆう》たちのほうへあごをやってほえた。のこりの頭《あたま》がうなずいた。

大翔《ひろと》を無視《むし》して、悠《ゆう》たちのほうへ走《はし》っていく。

「おいっ！　そっちじゃねえってば！　くそっ！」

大翔《ひろと》はあわてて、あとを追《お》った。

鬼《おに》の注意《ちゅうい》を、自分《じぶん》にひきつけておかなくちゃいけない。

それが、鬼《おに》と戦《たたか》うときのやり方《かた》だ。

(鬼祓《おにはら》いの秘技《ひぎ》の弱点《じゃくてん》の1つは、呪符《じゅふ》をつくるのに時間《じかん》がかかることだ)

荒井先生《あらいせんせい》はいっていた。

（宮原《みやはら》と桜井《さくらい》が無防備《むぼうび》なあいだ、おまえが2人《ふたり》を守《まも》らなけりゃいけない。できるな？）

「とーぜんだっ！」

大翔《ひろと》はスリングショットをかまえると、石《いし》をつがえて撃《う》った。

三《み》つ首《くび》の右頭《みぎあたま》にぶちあたる。

ケルベロスが脚《あし》を止《と》めてふりかえった。


ガウッ！　ガルルルルル……


右頭《みぎあたま》が恨《うら》みがましく大翔《ひろと》をにらみ、うなり声《ごえ》をあげる。怒《おこ》ったみたいだ。

ガウッ！　右頭《みぎあたま》がほえ、ケルベロスの片脚《かたあし》が、大翔《ひろと》のほうへ踏《ふ》みだされた。

ワウッ？　ワウワウッ！　左頭《ひだりあたま》が抗議《こうぎ》するようにほえ、悠《ゆう》たちのほうへもう片脚《かたあし》を踏《ふ》みだす。

左右《さゆう》の脚《あし》が、あっちとこっちに進《すす》もうとして、ケルベロスは仁王《におう》だちになった。

「葵《あおい》！　悠《ゆう》！　いまのうちだ。呪符《じゅふ》たのむぜ！」

「わかってるわ！」

葵《あおい》はバッグからだした紙札《かみふだ》に、筆《ふで》ペンでさらさらと書《か》きつけている。

呪符《じゅふ》の文字《もじ》は、ただ書《か》けばいいってものじゃない。すばやく、けれど正確《せいかく》に書《か》かなくちゃ、効果《こうか》がでないのだ。

ウオオオオオオンッ

と、真《ま》ん中《なか》の頭《あたま》がほえた。

右頭《みぎあたま》のほうにあごをしゃくった。

右頭《みぎあたま》は満足《まんぞく》そうに、左頭《ひだりあたま》はしぶしぶうなずく。意見《いけん》がわれたら、多数決《たすうけつ》できめるらしい。

民主主義《みんしゅしゅぎ》ってやつだ。犬《いぬ》のくせに。

ケルベロスが、大翔《ひろと》のほうに近《ちか》づいてきた。

大翔《ひろと》はスリングショットをかまえた。

――ブンッ！

「うわっ！」

横合《よこあ》いからふるわれたなにかに、したたかに手《て》を打《う》ちすえられた。

スリングショットが宙《ちゅう》を舞《ま》う。

「くっ！」

大翔《ひろと》はベルトから木刀《ぼくとう》をひき抜《ぬ》いた。

「うわああっ！」

木刀《ぼくとう》もはじき飛《と》ばされた。

ムチのようにふるわれたのは、ケルベロスのシッポだった。巨大《きょだい》なヘビのように長《なが》いシッポをパタパタとゆらして、ケルベロスは大翔《ひろと》を見下《みお》ろしている。

大翔《ひろと》は、うしろにさがった。

むこうでは、悠《ゆう》がひたいに札《ふだ》をあて、ぶつぶつとつぶやいて力《ちから》をこめている。もうすこしだけ、かかる。
ケルベロスが前脚《まえあし》を持《も》ちあげて……ふり下《お》ろした。

――ドスン。

大翔《ひろと》の眼前《がんぜん》で、地面《じめん》がへこんだ。
大翔《ひろと》は口《くち》もとをひきつらせた。ひどいお手《て》だな、おい。
ケルベロスは、つぎつぎと前脚《まえあし》をふり下《お》ろした。
――お手《て》。
――お手《て》。
――おかわり。
――お手《て》。
ドスン、ドスン、と大翔《ひろと》を押《お》しつぶそうとしてくる。大翔《ひろと》は必死《ひっし》にうしろにさがった。
背中《せなか》が木《き》にあたった。追《お》いつめられた。

（もうちょっと、もうちょっとだけ、しのげれば……）

ちらりと、足《あし》もとを見下《みお》ろした。

ケルベロスが前傾姿勢《ぜんけいしせい》になって、飛《と》びかかってきた。

大翔《ひろと》は、横《よこ》っ飛《と》びに跳《と》んでよけた。


ガチャンッ！

キャンキャンッ！


ケルベロスの片脚《かたあし》が、地面《じめん》にしかけられていたトラバサミにひっかかった。

がっちりと金具《かなぐ》で脚《あし》をはさみこまれている。ふるふると涙目《なみだめ》で首《くび》をふる左頭《ひだりあたま》を、ほかの頭《あたま》が迷惑《めいわく》そうに見《み》ている。

「できたよ、ヒロトっ！」

悠《ゆう》がさけんで走《はし》ってきた。ぼんやりと発光《はっこう》する呪符《じゅふ》を掲《かか》げている。

「でかしたっ！」

ぱしんっ、とリレーのように札《ふだ》を受《う》けとると、大翔《ひろと》はケルベロスに突《つ》っこんでいった。

くりだされたお手《て》をよけ、脚《あし》をのぼって——ジャンプ。

「でっえええええいっ！」

ひたいのツノに呪符《じゅふ》をたたきつける。

右頭《みぎあたま》が動《うご》きを止《と》めた。

「やったぜ！」

やってなかった。

真《ま》ん中《なか》の頭《あたま》が、すぐさま右頭《みぎあたま》に口《くち》をよせて、

ベリリッ……


呪符《じゅふ》を咬《か》みはがしたのだ。

「そ、そんなのずるいぞっ！」

呪符《じゅふ》は、札《ふだ》にこめる霊力《れいりょく》が大《おお》きいほど効果《こうか》が高《たか》い。すばやくつくった呪符《じゅふ》はそのぶん弱《よわ》

く、札《ふだ》をはがしたり汚《よご》したりすると、簡単《かんたん》に解《と》けてしまうのだ。

「悠《ゆう》、葵《あおい》！　3枚《まい》くれっ！　いっぺんに封《ふう》じてやる！」

ケルベロスは、トラバサミに脚《あし》をはさみこまれていて動《うご》けない。いつまでもつかわから
ないが、呪符《じゅふ》を3枚《まい》つくる時間《じかん》はあるだろう。

見《み》あげると、ケルベロスはのんきに座《すわ》りこんでいる。

3つの頭《あたま》が、そろってあくびをしている。よゆうの態度《たいど》だ。

大翔《ひろと》は、ハッとした。

「悠《ゆう》！　葵《あおい》！　ふせろっ！　かくれるんだ！」

ふりかえってさけんだ。

「こいつは囮《おとり》の猟犬《りょうけん》だ！　狩人《かりうど》が、どっかから狙《ねら》ってんだっ！」

「……正解《せいかい》だ。ちとおそかったが」

シュンッ！　シュンッ！　シュンッ！

風切《かざき》り音《おん》がひびくのと同時《どうじ》に、大翔《ひろと》の意識《いしき》はプツリと途絶《とだ》えた。

電源《でんげん》を消《け》したテレビ画面《がめん》みたいに、真《ま》っ暗《くら》になった。

そのまま、大翔《ひろと》は前《まえ》のめりにたおれた。

＊

「……大猟《たいりょう》、大猟《たいりょう》。どうだ童《わらし》ども。これが狩《か》りというものよ」

地面《じめん》にたおれた子供《こども》たちを見下《みお》ろすと、叉鬼《またぎ》はニンマリと笑《わら》った。

「鍋《なべ》にでもするかの。人間鍋《にんげんなべ》はひさしぶりだ。ふぇふぇっ……ふぇーっふぇっふぇっふぇ！」

大翔《ひろと》たちの足《あし》を縄《なわ》でくくると、地面《じめん》のうえをズルズルとひきずっていった。

間《かん》章《しょう》

「なあ、孝司《こうじ》。オレら、このごろ、なーんか蚊帳《かや》の外《そと》じゃね〜？」

関本和也《せきもとかずや》は、そういって唇《くちびる》をとがらせた。

「そうだね、和也《かずや》。僕《ぼく》たち、なんだかあつかいが軽《かろ》んじられてる気《き》がするね」

伊藤孝司《いとうこうじ》が、うなずいた。

お見舞《みま》い用《よう》のリンゴがはいった紙袋《かみぶくろ》を手《て》にさげ、待合室《まちあいしつ》をとおりすぎる。

納得《なっとく》いかないというように、2人《ふたり》でうんうん、うなずきあっている。


ここは桜ヶ島総合病院《さくらがじまそうごうびょういん》。桜ヶ島《さくらがじま》の街《まち》で、一番大《いちばんおお》きな病院《びょういん》だ。

和也《かずや》と孝司《こうじ》は、桜ヶ島小学校《さくらがじましょうがっこう》6年《ねん》1組《くみ》のクラスメイト。

この1ケ月《かげつ》というもの、放課後《ほうかご》や休日《きゅうじつ》、毎日《まいにち》この病院《びょういん》にかよってきていた。

「大翔《ひろと》たちは、荒井先生《あらいせんせい》のもとで、修業《しゅぎょう》なんてハデなことしてるわけじゃん？」

「派手《はで》だよね」

への字口《じぐち》でいう和也《かずや》の言葉《ことば》に、孝司《こうじ》がうなずく。

「でも荒井先生《あらいせんせい》、オレらの役目《やくめ》は、病院《びょういん》の見張《みは》りなんてジミなことだっていうわけじゃん」

「地味《じみ》だよね」

うん、うん、とうなずいている。

「『お母《かあ》さんの様子《ようす》をうかがいに、章吾《しょうご》か黒鬼《くろおに》があらわれるかもしれない。これはおまえらにしかまかせられない、重要任務《じゅうようにんむ》なんだ……』なんて、荒井先生《あらいせんせい》はいってたけどさ」

「いってたね」

「ぶっちゃけ、見張《みは》りなんてだれにでもできるよな？　ちっとも重要任務《じゅうようにんむ》じゃねえじゃん」

「大人《おとな》は汚《きたな》いんだ……」

「オレらだって、章吾《しょうご》のマブダチなのにさ」

「まあ、金谷《かなや》くんは決《けっ》して僕《ぼく》たちをマブダチだとみとめてくれなかったけどね」

「章吾《しょうご》も黒鬼《くろおに》も、ぜんぜんこないしさ」

「毎日平和《まいにちへいわ》だよね」

「オレらだって、修業《しゅぎょう》したかったよなあ。手《て》からビームとか撃《う》てるようになりたかった
……」

「まあ、『修業《しゅぎょう》してもべつに手《て》からビームとか撃《う》てるようにはならんから』って、最初《さいしょ》に荒井先生《あらいせんせい》にクギ刺《さ》されちゃったんだけどね」

「悲《かな》しいなあ、孝司《こうじ》……」

「悲《かな》しいよね、和也《かずや》……」

2人《ふたり》でオイオイと傷《きず》のなめあいをしながら、階段《かいだん》をのぼって、病棟《びょうとう》へ進《すす》んでいく。


「あ、和也《かずや》くん、孝司《こうじ》くん。今日《きょう》もお見舞《みま》い、きてくれたの？」

ナースステーションの前《まえ》を横《よこ》ぎると、いつもの看護師《かんごし》さんが気《き》づいて手《て》をふった。

「うん。見張《みは》りついでに、章吾《しょうご》の母《かあ》ちゃんを小粋《こいき》なトークで元気《げんき》づけてやってくれって、荒井先生《あらいせんせい》にいわれてっから」

「僕《ぼく》たちをギャグ要員《よういん》かなんかだと思《おも》ってるんです、荒井先生《あらいせんせい》は」

「お会《あ》いしたことはないけど、生徒《せいと》を見《み》る目《め》はたしかな先生《せんせい》みたいね……」

看護師《かんごし》さんはうなずいた。

「でも助《たす》かるわ。金谷《かなや》さん、また落《お》ちこんでらっしゃるから」

「やっぱり具合悪《ぐあいわる》いの？　章吾《しょうご》の母《かあ》ちゃん」

「手術《しゅじゅつ》は成功《せいこう》したんだけど、術後《じゅつご》の経過《けいか》が良《よ》くないの。やっぱり、章吾《しょうご》くんのことで落《お》ちこんでらしてね……」

顔色《かおいろ》を曇《くも》らせる。

「いったい、どこにいっちゃったのかしら、章吾《しょうご》くん……」

章吾《しょうご》の失踪《しっそう》は、事件《じけん》・事故《じこ》の両面《りょうめん》で捜査中《そうさちゅう》だ。本当《ほんとう》のことを知《し》っているのは、荒井先生《あらいせんせい》と大翔《ひろと》たち、和也《かずや》たちだけ。

「うまくいかねえもんだよなあ……」

和也《かずや》は、頭《あたま》のうしろに手《て》をやってうなった。

章吾《しょうご》が鬼《おに》になったのは、死神《しにがみ》に狙《ねら》われたお母《かあ》さんを守《まも》るためだったのだ。

鬼《おに》の力《ちから》を得《え》て死神《しにがみ》を撃退《げきたい》し、お母《かあ》さんの手術《しゅじゅつ》は無事《ぶじ》に成功《せいこう》した。

けれど章吾《しょうご》は姿《すがた》を消《け》して、お母《かあ》さんは心労《しんろう》でやつれてしまった。

「……あいつ、天才《てんさい》のくせに、自分《じぶん》がいなくなったら母《かあ》ちゃんやまわりがどんだけ心配《しんぱい》するかってことだけは、わかんねえやつなんだよなあ……」

「肝心《かんじん》なところが抜《ぬ》けてんだよね、金谷《かなや》くんは」

和也《かずや》と孝司《こうじ》は肩《かた》をおとした。

「ともかく、お見舞《みま》い、おねがいね。2人《ふたり》がきてくれたあとは、お母《かあ》さん、元気《げんき》そうにしてるから。おもしろい子《こ》たちで笑《わら》っちゃうって」

「オレらはやっぱりギャグ要員《よういん》か」

「もういいよそれで……」

「ただ、章吾《しょうご》くんの話《はなし》については慎重《しんちょう》にね。病気《びょうき》と闘《たたか》うときには、精神的《せいしんてき》な力《ちから》がとても大《たい》切《せつ》なの。お母《かあ》さんがショックを受《う》けるようなことだけは、ぜったいにいわないでちょうだい」

章吾《しょうご》のお母《かあ》さんの病室《びょうしつ》は、長《なが》い廊下《ろうか》の突《つ》きあたりの部屋《へや》だ。

ノックをしようと手《て》をあげたとき……廊下《ろうか》のむこうから足音《あしおと》がひびいてきた。

「和也《かずや》、こっち！」

孝司《こうじ》が和也《かずや》の手《て》をとって、わきの病室《びょうしつ》にひっぱりこんだ。

「な、なんだよ、孝司《こうじ》？　とつぜん」

「しっ！　――杉下先生《すぎしたせんせい》だ！」

病室《びょうしつ》のドアを数《すう》センチだけあけて、２人《ふたり》は廊下《ろうか》の様子《ようす》をうかがった。

杉下先生《すぎしたせんせい》――黒鬼《くろおに》が、ニコニコ笑顔《えがお》で看護師《かんごし》さんに手《て》をふっている。

以前小学校《いぜんしょうがっこう》で先生《せんせい》をしていたとき、まわりの人間《にんげん》をみな虜《とりこ》にした、あの爽《さわ》やかな笑《え》みだ。

廊下《ろうか》をこちらへ歩《ある》いてくる。

「……あわわ、ほんとにくるなんて。荒井先生《あらいせんせい》に連絡《れんらく》しなくちゃ」

「まだ動《うご》くな。気《き》づかれる」

病室《びょうしつ》のドアにはりつくようにして、２人《ふたり》は息《いき》を殺《ころ》した。

杉下先生《すぎしたせんせい》は、２人《ふたり》が見張《みは》っている病室《びょうしつ》をとおりすぎた。章吾《しょうご》のお母《かあ》さんの病室《びょうしつ》のドアを

ノックした。

分厚《ぶあつ》い封筒《ふうとう》をかかえている。

なかからお母《かあ》さんの声《こえ》がこたえると、病室《びょうしつ》へはいってドアを閉《し》めた。

「……あいつ、なんの用《よう》できたんだろう？」

「わかんね。まさか、こんなところであばれたりはしないと思《おも》うが……」

病室《びょうしつ》のドアに耳《みみ》をあてる。

なにかあったら飛《と》びこもうかと思《おも》ったけれど、べつに乱暴《らんぼう》な音《おと》は聞《き》こえてこない。

ぼそぼそとした、話《はな》し声《ごえ》が聞《き》こえてくるだけだ。

なにが話《はな》されているかは、わからない。

3 ウィリアム・テル・ゲーム

1

グツグツ、グツグツ……

聞《き》こえてくるのは、鍋《なべ》の煮《に》える音《おと》だ。
湯気《ゆげ》にのってただよってくる、しょうゆとみりんの香《こう》ばしいにおい。
すごくおいしそうだ。

ザクッザクッ！　ザクッザクッ！

リズミカルにひびくのは、包丁《ほうちょう》できる音《おと》。

白菜《はくさい》、長《なが》ネギ、ごぼう……つぎつぎにきり刻《きざ》んでいく。下《した》ごしらえをしていく。

大翔《ひろと》たちは、もがいていた。

両手《りょうて》を腰《こし》のうしろにまわされ、両足《りょうあし》もそろえて縛《しば》りあげられ、ミノムシみたいな格好《かっこう》だった。

あごを突《つ》きだし、全身《ぜんしん》をもぞもぞと動《うご》かして、地面《じめん》を這《は》っていく。

うばわれた荷物《にもつ》は、十数《じゅうすう》メートルむこうの金網《かなあみ》にたてかけられている。

陽《ひ》は西《にし》にかたむき、黒雲《こくうん》のひろがった空《そら》は、しずんだ赤茶色《あかちゃいろ》に染《そ》まっている。北西《ほくせい》の空《そら》にときおりあがる花火《はなび》は、だんだんと間隔《かんかく》が長《なが》くなっている。

2つならんだ小屋《こや》。

巨大犬小屋《きょだいいぬごや》の前《まえ》から、3人《にん》は這《は》って逃《に》げていく。

その頭上《ずじょう》に、フッ、と影《かげ》がさした。

首《くび》だけひねって見《み》あげると、3つの頭《あたま》がハッハッと舌《した》をだし、じいっと大翔《ひろと》たちを見下《みお》ろしている。

「く、くそおっ……。いいかげん、見逃《みのが》してくれよ……っ」

「おすわり。まて！　まてってばあ！」

「オモチャじゃないってのよ……」

じたばたともがく3人《にん》にかまわず、ケルベロスは大翔《ひろと》たちの服《ふく》のすそをくわえて持《も》ちあげると、トコトコと歩《ある》いて、犬小屋《いぬごや》の前《まえ》につれもどした。


「……そろそろ、肉《にく》をいれる頃合《ころあ》いかのう……」


叉鬼《またぎ》が、ぼそりとつぶやいた。

コテージ前《まえ》のベランダで、鍋《なべ》の準備《じゅんび》をしていた。

その手《て》ににぎりしめられているのは、大《おお》ぶりのナタ。

刃渡《はわた》り60センチくらい。人間《にんげん》の頭《あたま》で測《はか》れば、2～3個《こ》ぶん。

錆《さ》びついた刃《は》に、ぽつぽつと赤黒《あかぐろ》い染《し》みがういている。

叉鬼《またぎ》はひたひたとベランダをおりると、こちらへ歩《ある》いてきた。

地面《じめん》にころがった3人《にん》を見下《みお》ろす。

「なにかいいのこすことはあるか？」

「…………」

「いまのうちにしゃべっておけぇ。鍋《なべ》にはいってしまえば、しゃべりたくてもしゃべれなくなるで」

淡々《たんたん》という。

子供《こども》たちは、だまりこんでいる。

「頭《あたま》をブツリときり離《はな》す。一撃《いちげき》できれいにきり離《はな》せれば、痛《いた》いのは一瞬《いっしゅん》だけだ。楽《らく》に死《し》ねる」

「…………」

「ただ、ナタの切《き》れ味《あじ》が悪《わる》うてな。手間《てま》どるかもしれん。そのときは、首《くび》の根《ね》をきれいにきり離《はな》すまで、何度《なんど》も何度《なんど》も、ナタを打《う》ちつける。……痛《いた》いぞお。苦《くる》しいぞお。死《し》ぬに死《し》ねんぞお」

ふぇっふぇっふぇ、と笑《わら》う。

「…………」

子供《こども》たちは青《あお》ざめた。

「さあ、だれからいくかの？　おめえか？　おめえか？」

子供《こども》たちの顔《かお》を、順繰《じゅんぐ》りにのぞきこむ。

葵《あおい》が、目《め》をそらして顔《かお》をふせた。

悠《ゆう》が、涙目《なみだめ》でぶるぶると首《くび》をふっている。

大翔《ひろと》は、きっ、と叉鬼《またぎ》をにらみつけた。

歯《は》がカチカチ鳴《な》るのを、必死《ひっし》におさえつけて。

「……よい目《め》だ。その首《くび》、剝製《はくせい》として飾《かざ》るとしよう」

叉鬼《またぎ》は、ニマリと笑《わら》った。

大翔《ひろと》の背《せ》に馬乗《うまの》りになると、首《くび》を押《お》さえつけた。

「い、いやっ！　やめてっ！　やめなさいよ……っ！」

「や、やめてよぉっ！　ヒロトぉぉっ！」

「ふぇっふぇっ。最初《さいしょ》に忠告《ちゅうこく》しただろう、家《いえ》に帰《かえ》れ、と。あのとき素直《すなお》に家《いえ》に帰《かえ》っておれば、こんな結末《けつまつ》にはならなかったのに。残念《ざんねん》だのう、無念《むねん》だのう……」

叉鬼《またぎ》は、ナタを高々《たかだか》とふりあげた。ギラリ、と刃《は》が光《ひか》る。

大翔《ひろと》は、ぎゅっ、と目《め》をつぶった。

「さらばだ」

ふり下《お》ろした。

ザクッ！

「うっぎゃあああああ――っ！」

大翔《ひろと》は、絶叫《ぜっきょう》した。

悠《ゆう》と葵《あおい》も悲鳴《ひめい》をあげた。

叉鬼《またぎ》はもう一度《いちど》、ナタをふり下《お》ろした。

ザクッ！

「ぎゃあっあああああああああ━━━っ！」

大翔《ひろと》はぶるぶると首《くび》をふった。

叉鬼《またぎ》はさらにナタをふり下《お》ろした。

ザクッ！　ザクッ！　ザクッ！

「ぎゃああっ！　うっぎゃああっ！　うっっわあああぁぁぁ━━━っ！」

…………………………………あれ？

ぜんぜん、痛《いた》くねえ。

大翔《ひろと》は目《め》をあけて、パチパチとまばたきをした。

首《くび》を動《うご》かしてみると、ちゃんと動《うご》く。

まだ胴体《どうたい》とつながってるみたいだぞ。

悠《ゆう》と葵《あおい》がぼろぼろと涙《なみだ》をこぼしたまま、きょとんとした顔《かお》でこちらを見《み》ている。

「ふぇっふぇっふぇ。……ほんのジョークよ」

叉鬼《またぎ》がニマリと笑《わら》って、大翔《ひろと》の顔《かお》をのぞきこんだ。

「最初《さいしょ》にいったろう。ワシは無益《むえき》な殺生《せっしょう》を好《この》まぬのだ」

手《て》に持《も》った縄《なわ》をゆらしてみせた。

大翔《ひろと》はハッとして、体《からだ》を動《うご》かした。

手《て》が動《うご》く。

足《あし》も動《うご》く。

縛《しば》っていた縄《なわ》が、きられていた。

「童《わらし》のぬしらを喰《く》う気《き》はないわ。仔《こ》は喰《く》わずに、巣《いえ》へと帰《かえ》す。それが狩人《かりうど》の掟《おきて》だからな」

叉鬼《またぎ》は悠《ゆう》と葵《あおい》の縄《なわ》もきった。

2人《ふたり》はぽかんとしている。

「より大《おお》きく、脂《あぶら》がのってから、その恵《めぐ》みをありがたくちょうだいするのだ。もうすこし成長《せいちょう》したら、そのときは喰《く》ってやろう。……今日《きょう》の鍋《なべ》は、肉《にく》なしよ」

歩《ある》いていくと、3人《にん》の荷物《にもつ》をこちらへほうりなげた。

あけてみると、中身《なかみ》はそのままだ。札《ふだ》も筆《ふで》ペンも、スリングショットも手《て》つかずだ。

ぽかんとしている子供《こども》たちにかまわず、叉鬼《またぎ》はベランダのイスに座《すわ》りこんだ。

「さあ、こんどこそ、家《いえ》に帰《かえ》れ」

鍋《なべ》をおたまでかきまぜている。

「ふもとまでの安全《あんぜん》な道《みち》を、ケルに案内《あんない》させよう。ワナにも鬼《おに》にもあわずにいける抜《ぬ》け道《みち》を、たくさん知《し》っている」

叉鬼《またぎ》は、ピュイッと犬笛《いぬぶえ》をふいた。

ケルベロスの体《からだ》が、みるみるちぢんだ。仔犬《こいぬ》の大《おお》きさにもどると、3つの首《くび》でワワワンッ！　とほえた。

「さあ、帰《かえ》れ。ほかの鬼《おに》どもにみつからんうちにな」

「…………」

大翔《ひろと》たちは、顔《かお》を見《み》あわせた。

ふだんは意見《いけん》がちがうことなんてしょっちゅうだ。

けれど、いまは以心伝心《いしんでんしん》、一致《いっち》した。

うなずきあった。

ベランダにいくと、グツグツと煮《に》える鍋《なべ》をかこんで座《すわ》りこむ。

ひざに手《て》をのせ、背《せ》すじをのばし、大翔《ひろと》が代表《だいひょう》していった。

「じーさん。抜《ぬ》け道《みち》にくわしいなら、あの花火《はなび》のところまでの道《みち》、教《おし》えてくれないか？　ワナと鬼《おに》で、近《ちか》づけないんだ」

「……ふぇっふぇっふぇ！　これだけ脅《おど》しても、まだ帰《かえ》らんというのか。ただのバカなのか」

叉鬼《またぎ》は、口《くち》もとから牙《きば》を突《つ》きだして笑《わら》った。

「なにゆえ、そこまでしていくのだ？」

鍋《なべ》をかきまぜると椀《わん》によそい、子供《こども》たちの前《まえ》にならべて問《と》いかける。

「友情《ゆうじょう》のためか？」

大翔《ひろと》は、深《ふか》くうなずいた。

「そうか、友情《ゆうじょう》のためか。ふぇふぇっ……ふぇっふぇっふぇっ！」

「な、なにがおかしいんだよ？」

「愚《おろ》かなものよと思《おも》うてのう。そんなもののために、命《いのち》を粗末《そまつ》にしようとするとは。くだらぬ。じつにくだらぬ」

「バ、バカにするなよ、じーさん！」

大翔《ひろと》は身《み》をのりだした。

その首《くび》に、ピタリと箸《はし》の先端《せんたん》が突《つ》きつけられた。

「その友情《ゆうじょう》を、黒鬼《くろおに》に利用《りよう》されていることがわからんか」

「…………」

「黒鬼《くろおに》は、鬼《おに》になりつつあるぬしらの仲間《なかま》に、友達《ぬしら》を失《うしな》わせようとしているのだ。しかも、より、そやつの絶望《ぜつぼう》が深《ふか》くなるようなやりかたで、だ」

「……どういうこと？」

葵《あおい》がまゆをひそめる。

叉鬼《またぎ》はくるりと箸《はし》をまわし、大翔《ひろと》の椀《わん》のうえにおいた。

「ヒトを完全《かんぜん》な鬼《おに》とするには、心《こころ》をヒトにつなぎとめる楔《くさび》を断《た》ちきらねばならぬのだ。そして、その楔《くさび》となるのが、家族《かぞく》や友達《ともだち》……大切《たいせつ》な人《ひと》の存在《そんざい》よ。そうした者《もの》がいるかぎり、ヒトが完全《かんぜん》に鬼《おに》となることはできぬ」

だから黒鬼《くろおに》はぬしらを消《け》したいのだ、と叉鬼《またぎ》はいった。

「そして、鬼《おに》の力《ちから》とは、絶望《ぜつぼう》を糧《かて》にして湧《わ》きいづるというのが、黒鬼《くろおに》の考《かんが》えかたなのだ。より強《つよ》い鬼《おに》を育《そだ》てるためには、より強《つよ》い絶望《ぜつぼう》が必要《ひつよう》だ、とな。このまま進《すす》めば、ぬしら
……」

叉鬼《またぎ》は笑《わら》った。

「その友達《ともだち》に、喰《く》われることになるぞ」

「章吾《しょうご》がおれたちを喰《く》ったりするもんか！」

大翔《ひろと》は身《み》をのりだした。叉鬼《またぎ》は首《くび》をふった。

「喰《く》うさ。鬼《おに》の力《ちから》に屈《くっ》してな。体《からだ》が鬼《おに》となれば、心《こころ》もまた鬼《おに》となるのだ」

「あいつは鬼《おに》の力《ちから》なんかに屈《くっ》するようなやつじゃねえ！」

「ふぇふぇっ。話《はなし》にならぬ。ただのバカよの。……ぬしらはどうだ？　こやつより頭《あたま》はよかろう？」

悠《ゆう》と葵《あおい》に顔《かお》をむけた。

「ぼくはヒロトと同《おな》じ考《かんが》えだよ」

「大翔《ひろと》より頭《あたま》はいいと思《おも》うけど、この件《けん》に関《かん》しての考《かんが》えは同《おな》じね」

悠《ゆう》と葵《あおい》が澄《す》ましてこたえた。

叉鬼《またぎ》は首《くび》をふった。

「脅《おど》してもきかぬ、話《はな》してもきかぬ、か。ならばしかたあるまい。……実力《じつりょく》で決着《けっちゃく》をつけるしかないの」

叉鬼《またぎ》はコテージの壁《かべ》にたてかけられていた、弓《ゆみ》と矢筒《やづつ》を手《て》にとった。

子供《こども》たちは緊張《きんちょう》して、腰《こし》をうかせた。

「ひとつ、ゲームで決着《けっちゃく》をつけんか？」

叉鬼《またぎ》は、ニマッと笑《わら》っていった。

2

「その昔《むかし》、ワシが人《ひと》だったころ、よくやっていたゲームだ。交互《こうご》に弓《ゆみ》を射《い》て、より多《おお》くマトを撃ち抜《ぬ》いたほうの勝《か》ちというゲームだ。ようは、射的《しゃてき》だな」

叉鬼《またぎ》は弓《ゆみ》を手《て》に、3人《にん》の顔《かお》をみわたした。

「ぬしらが勝《か》ったら、森《もり》をとおしてやろう。黒鬼《くろおに》も知《し》らぬ、秘密《ひみつ》の抜《ぬ》け道《みち》を教《おし》えてやろう。その抜《ぬ》け道《みち》を使《つか》う以外《いがい》、ぬしらが生《い》きて友《とも》のもとへたどりつく術《すべ》はあるまい」

叉鬼《またぎ》はつづけた。

「ぬしらが負《ま》けるか、勝負《しょうぶ》をあきらめるなら、おとなしく家《いえ》に帰《かえ》ってもらう。恨《うら》みっこなし。正々堂々《せいせいどうどう》と戦《たたか》い、勝《か》ったほうの意見《いけん》にしたがう勝負《しょうぶ》だ。脅《おど》しやいいあいをつづけるよりも、よほど建設的《けんせつてき》であろう。どうだ、やるか？」

子供《こども》たちは、顔《かお》を見《み》あわせた。

うなずきあった。

「やる」

「よろしい。ルールはこうだ」

射的《しゃてき》ゲームのルール

①射手《しゃしゅ》は、鬼《おに》1匹《ぴき》と子供《こども》1人《ひとり》。

②それぞれ2射《しゃ》して、マトを撃《う》ち抜《ぬ》いた数《かず》の多《おお》いほうが勝《か》ち。（※1）

③マトとの距離《きょり》は、鬼《おに》と子供《こども》の話《はな》しあいできめる。

④「マトとなるもの」と「マトのおき場所《ばしょ》」は、鬼《おに》と子供《こども》が片方《かたほう》ずつきめる。（※2）

⑤不正《ふせい》をおこなった場合《ばあい》は、即負《そくま》けとする。

※1　マトは撃《う》ちぬくこと。かるくあてただけではハズレ。

※2　マトの大《おお》きさは、直径《ちょっけい》10センチ以内《いない》とする。

「2つ意見《いけん》があるわ」

ルールを聞《き》きおえると、葵《あおい》がそういって手《て》をあげた。

「その1。使《つか》いなれた武器《ぶき》を使《つか》わせてほしいわね。本職《ほんしょく》の狩人《かりうど》と弓《ゆみ》で勝負《しょうぶ》だなんて、フェアじゃないもの」

「かまわぬ。弓《ゆみ》でも銃《じゅう》でも貸《か》しだすし、そのスリングショットを使《つか》ってもかまわぬ。ただしその場合《ばあい》、弾丸《だんがん》には石《いし》を使《つか》ってもらう。ビー玉《だま》では、マトを撃《う》ち抜《ぬ》けん」

「わかったわ」

と、葵《あおい》はうなずいた。

その2、といってつづけた。

「同数《どうすう》だった場合《ばあい》は、どうするの？」

「同数《どうすう》とは？」

「マトを撃《う》ち抜《ぬ》いた数《かず》が、同《おな》じだった場合《ばあい》。つまり、0対《たい》0、1対《たい》1、2対《たい》2の場合《ばあい》」

「0対《たい》0、1対《たい》1はありえぬ。ワシははずさぬからだ」

叉鬼《またぎ》は、ニヤリと笑《わら》った。

「自信満々《じしんまんまん》ね。じゃあ、2対《たい》2の場合《ばあい》は、子供《こども》の勝《か》ちでもいい？　それくらいのハンデはほしいところだわ」

「かまわぬ」

「ありがとう、おじいちゃん」

葵《あおい》は、ニコッと微笑《ほほえ》んだ。

ぼそりと大翔《ひろと》と悠《ゆう》にささやきかける。

「……こういうのは、ルールぎめからが勝負《しょうぶ》よ。すこしでもいい条件《じょうけん》をひきださないとね」

……たよりになるけど、ちょっとコワい。

つづいて子供《こども》たちは、マトにするものをきめることにした。叉鬼《またぎ》に選《えら》ばせて、あまり小《ちい》さなものをマトにされたら不利《ふり》だ。

デザート用《よう》にバスケットにもられていたリンゴにきめた。

「あとは、距離《きょり》ね」

「これもハンデをやろう。ワシは100メートル、ぬしらは10メートル……いや、8メートルでよいぞ」
ずいぶんたくさんハンデをくれる。
それだけ腕《うで》に自信《じしん》があるっていうことか。それとも、大翔《ひろと》たちをなめているのか。
射手《しゃしゅ》はとうぜん、大翔《ひろと》だ。武器《ぶき》は使《つか》いなれたスリングショット。
叉鬼《またぎ》と子供《こども》たちは、ベランダをおりた。
「試《ため》し撃《う》ちしていいか？」
「かまわぬ」
大翔《ひろと》はリンゴを2つ、ベランダの手《て》すりのうえにならべた。
地面《じめん》にころがっていた石《いし》をひろうと、8メートル歩《ある》いてむきなおる。
スリングショットに石《いし》をつがえ、かまえた。
息《いき》を吸《す》う。止《と》める。ベルトをひき絞《しぼ》る。撃《う》った。
――バシュッ！

狙《ねら》いどおりだ。リンゴを撃《う》ち抜《ぬ》いた。

もう一度《いちど》撃《う》った。

また狙《ねら》いどおりだ。

2つのリンゴがパックリとくだけ、ポタポタと果汁《かじゅう》をしたたらせている。

大翔《ひろと》はガッツポーズをとった。悠《ゆう》と葵《あおい》が拍手《はくしゅ》している。

「やるの、童《わらし》。思《おも》っていたより、ずっといい腕《うで》ではないか。おどろいたぞ」

「へへっ。いまさら、距離《きょり》を変更《へんこう》とかは、なしだぜ？　じーさん」

大翔《ひろと》は、にやっと笑《わら》った。やっぱり、なめてたな。この距離《きょり》だったら、百発中八十発《ひゃっぱつちゅうはちじゅっぱつ》は、あてられる自信《じしん》があるんだぜ。

「さあ、勝負《しょうぶ》だ」

「うむ」

叉鬼《またぎ》はうなずいた。

「では……ケル！　こっちへこい！」

ピイッと犬笛《いぬぶえ》をふいた。

仔犬《こいぬ》となったケルベロスが、パタパタとシッポをふってこっちへかけてきた。

「よしよし、頭《あたま》をだせ」

ケルベロスがおすわりし、叉鬼《またぎ》に三《み》つ首《くび》をさしだした。

叉鬼《またぎ》はその左右《さゆう》の頭《あたま》に、ぽん、ぽん、とリンゴを1つずつのせた。

「さあ、100メートルはなれるのだ、ケル。この線《せん》からだ」

と、足《あし》で地面《じめん》に線《せん》をひいた。

ケルベロスは、ワンッと鳴《な》くと、器用《きよう》に頭《あたま》のバランスをとったまま、トコトコとはなれていった。

かなりはなれてから、ふりむいた。

おすわりすると、またワンッと鳴《な》いた。

「よし。こちらは準備完了《じゅんびかんりょう》だ」

「……な、なにしてるんだ？」

大翔《ひろと》は訊《き》いた。

「あそこが100メートル地点《ちてん》なのだ。測《はか》ってもよいぞ。勝負《しょうぶ》はフェアにやりたいからな」

叉鬼《またぎ》はうなずいた。

「8メートル地点《ちてん》は……」

と、足《あし》で距離《きょり》をたしかめるようにしながら、歩《ある》いていく。大翔《ひろと》は立《た》ち尽《つ》くした。

「……ここだ。そっちの2人《ふたり》、ここへたってくれるかの？」

地面《じめん》をトントンとたたきながら、悠《ゆう》と葵《あおい》を手招《てまね》きする。

「…………」「…………」

2人《ふたり》は顔《かお》を見《み》あわせた。

「……まさか」

葵《あおい》の顔《かお》がひきつった。

「え？　なに？　どういうこと？」

悠《ゆう》は首《くび》をひねっている。

「女童《おんなわらし》はわかったか。ふぇふぇっ、そういうことだ。伝説《でんせつ》の再現《さいげん》をしようというのだ。さあ、そこにたつのだ」

2人《ふたり》は、叉鬼《またぎ》の指《ゆび》さしたところにならんでたった。

「気《き》をつけしてくれるかの？」

「…………」

「そうだ。もうすこしあごをひいてくれるかの？」

2人《ふたり》はそうした。

「……よし。そのまま、動《うご》かずにいてくれるかの？」

叉鬼《またぎ》は、2人《ふたり》の頭《あたま》のうえにリンゴをのせた。

「これで双方《そうほう》、準備完了《じゅんびかんりょう》」

大翔《ひろと》の横《よこ》にならんでたつと、叉鬼《またぎ》はうなずいた。

「さあ、童《わらし》よ。勝負《しょうぶ》だ」

「……な、なんのつもりだよ？」

大翔《ひろと》は言葉《ことば》を失《うしな》って、悠《ゆう》と葵《あおい》をみやった。

葵《あおい》は気《き》をつけしたまま、青《あお》ざめた顔《かお》をして立《た》ちつくしている。

悠《ゆう》もならんで気《き》をつけしたまま、まだよくわからなさそうに目《め》をまたたかせている。

2人《ふたり》の頭《あたま》にのせられた、小《ちい》さなリンゴ。

「なんのつもりとは？」

叉鬼《またぎ》は問《と》いかえした。

「なんで、あんなところにおくんだよ……？」

大翔《ひろと》は訊《き》いた。

「なにか問題《もんだい》かの？　マトとの距離《きょり》は、わしは100メートル、ぬしは8メートル。距離《きょり》の変更《へんこう》とかは、しとらんだろう」

叉鬼《またぎ》は、ニヤニヤと笑《わら》いつづけている。

「あ、頭《あたま》のうえに、おくことないだろ……？」

「これは射的《しゃてき》。手《て》すりのうえにおいたとて、頭《あたま》のうえにおいたとて、狙《ねら》うマトはなに一《ひと》つ変《か》わらぬ。なぜ不満《ふまん》かの？」

「そ、それは……」

「はずしたら、2人《ふたり》にあたってしまうかもしれない……と、いいたいのかの？」

「…………」

「いってよいぞ？　思《おも》いきり、いってよい」

だまりこんだ大翔《ひろと》に、叉鬼《またぎ》はニマッと笑《わら》って顔《かお》をむけた。

するすると、目隠《めかく》しをはずす。

血《ち》のように真《ま》っ赤《か》な鬼《おに》の目玉《めだま》が、らんらんと光《ひか》って大翔《ひろと》をみつめた。

『『はずしたら、2人《ふたり》にあたってしまうかもしれない』、『はずしたら、目《め》にあたって失明《しつめい》するかもしれない』、『ひたいにあたって、友達《ともだち》の頭《あたま》が、あのくだけたリンゴみたいに、パックリ！　……われてしまうかもしれない』。そういいたいのだろ？」

「…………」

「かもしれない、かもしれない……不思議《ふしぎ》なことに、そういうごとに、ぬしの弾《たま》はまっすぐに飛《と》ばなくなっていく。狙《ねら》いが定《さだ》まらなくなっていく。いってよいぞ！　さあ、思《おも》いきりいえ！」

「ぐっ……！」

大翔《ひろと》は、ぎりっと奥歯《おくば》をかみしめた。

叉鬼《またぎ》は高《たか》らかに笑《わら》っている。

「も、もう一度《いちど》、試《ため》し撃《う》ちしていいか……？」

「かまわぬ」
大翔《ひろと》はリンゴを2つ、ベランダの手《て》すりのうえにならべた。
地面《じめん》にころがっていた石《いし》をひろうと、8メートル歩《ある》いてむきなおる。
スリングショットに石《いし》をつがえ、かまえた。
息《いき》を吸《す》う。止《と》める。ベルトをひき絞《しぼ》る。
撃《う》った。

──バキッ！

石《いし》はいきおいよく手《て》すりにぶちあたった。
手《て》すりがにぶい音《おと》をたてて、へし折《お》れる。
もう一度《いちど》撃《う》った。

──ガシャンッ！

むこうのテーブルのうえで、椀《わん》が粉々《こなごな》にふっ飛《と》んだ。

破片《はへん》が散《ち》らばり、鍋《なべ》の汁《しる》がベランダを流《なが》れていく。

「あ……」

大翔《ひろと》はたちすくんだ。

「練習《れんしゅう》はすんだか？　では、位置《いち》につけ」

叉鬼《またぎ》に背《せ》を押《お》され、大翔《ひろと》は地面《じめん》の線《せん》についた。

足《あし》もとがふわふわして、地面《じめん》を踏《ふ》んでいる感触《かんしょく》がなくなった。まるで綿菓子《わたがし》のうえを歩《ある》いてるみたいだ。

「弾《たま》をひろえぇ」

地面《じめん》に落《お》ちている石《いし》は、みなゴツゴツととがっていた。もっと小《ちい》さい石《いし》を……大翔《ひろと》は必《ひっ》死《し》にさがした。

「ワシから射《い》ろうかの」

叉鬼《またぎ》は弓《ゆみ》に矢《や》をつがえた。

むこうでおすわりしているケルベロスへ、矢《や》をむける。

弦《げん》をひき絞《しぼ》り、射《い》た。

スコンッ

左頭《ひだりあたま》にのせられたリンゴを、矢《や》が射《い》ぬいた。

ケルベロスはパタパタとシッポをふっている。

「1点先取《てんせんしゅ》。つぎは、ぬしの番《ばん》だ」

「…………」

「どうした？　顔色《かおいろ》が悪《わる》い。さあ、撃《う》てい」

大翔《ひろと》は踏《ふ》んばり、スリングショットをかまえた。腕《うで》が、鉛《なまり》のように重《おも》い。

悠《ゆう》と葵《あおい》が、気《き》をつけをしてたっている。

2人《ふたり》の目《め》が、拝《おが》むように必死《ひっし》に、大翔《ひろと》をみつめている。

何百回《なんびゃっかい》も、何千回《なんぜんかい》も目《め》をあわせてきたはずなのに、なぜか、2人《ふたり》の目《め》をはじめて見《み》るような気《き》がする。

かけがえのない、友達《ともだち》。

「ふぇふぇっ。手《て》がふるえはじめたの。自分《じぶん》の命《いのち》が危《あや》うくなっても懲《こ》りぬが、友達《ともだち》を危険《きけん》にさらすのはたえられぬとみえる。弱《よわ》い。弱《よわ》すぎるわ」

叉鬼《またぎ》は、目《め》をぎらつかせて笑《わら》った。

「さあ、よく見《み》ておけ。友達《ともだち》のつぶれてない顔《かお》を見《み》るのは、これで最後《さいご》なのだからな。ぬしが撃《う》った弾《たま》で、友達《ともだち》は大《おお》ケガよ」

「……くっ」

「さあ、弾《たま》をつがえろ」

大翔《ひろと》は、スリングショットに石《いし》をつがえた。

「ひけ」

ベルトをひいた。

「こうするのだ」

叉鬼《またぎ》が背中《せなか》から、大翔《ひろと》の両手《りょうて》をとった。

ぐいいっ、と力《ちから》いっぱい、ベルトをひき絞《しぼ》らせる。

「さあ、撃《う》て」

「…………」

手《て》がふるえて、狙《ねら》いが定《さだ》まらない。

ぶるぶる、ぶるぶる、自分《じぶん》の手《て》じゃないみたいだ。

「……ワシはこのゲームに負《ま》けたことがない」

叉鬼《またぎ》がつぶやいた。

「その昔《むかし》、ワシがまだ人《ひと》だったころ、ワシにも友達《ともだち》がおったのよ。友情《ゆうじょう》を信《しん》じている者《もの》たちがよ。ワシらはたがいに力《ちから》を競《きそ》った。だれが1番《ばん》か、このゲームできめることにした」

叉鬼《またぎ》は高笑《たかわら》いした。

「だが、だれも射《う》つことはできなかった。射《う》つことができたのは、ワシだけだ。十年来《じゅうねんらい》の友《とも》の頭《あたま》のうえにも、育《そだ》ててくれた親《おや》の頭《あたま》のうえにも、ワシだけは迷《まよ》いなく矢《や》をむけ射《い》ることができた。そうしてワシは悟《さと》ったのだ。これこそが、強《つよ》さなのだとな」

「…………」

「ワシは国《くに》一番《いちばん》の弓手《ゆんで》となり、ワシのまわりに人《ひと》はいなくなり……いつしかワシは、鬼《おに》となっていたのだ」

又鬼《またぎ》は、大翔《ひろと》の耳《みみ》もとでささやいた。

「最後《さいご》の忠告《ちゅうこく》よ。……家《いえ》に帰《かえ》れぇ」

「…………」

「ぬしには撃《う》てぬよ。ぬしはやさしすぎる。それでは鬼《おに》に喰《く》われにいくようなものだ」

「…………」

「帰《かえ》れ。まだ間《ま》にあう。友達《ともだち》を傷《きず》つけたくはあるまい？」

「う、ううっ……」

「ちょっとタイム！」

「作戦《さくせん》タイムを要求《ようきゅう》します！」

悠《ゆう》と葵《あおい》が、手《て》をあげた。

3

「かまわぬ。3分間《ぷんかん》やろう。よく話《はな》しあって、どうするかきめるがいいわ」

叉鬼《またぎ》はいうと、ベランダにもどった。

煮《に》たった鍋《なべ》をかきまぜている。

悠《ゆう》と葵《あおい》はリンゴをとってこちらへ走《はし》ってきた。

「もう！　食《く》えないおじいちゃんだわ！　なにが正々堂々《せいせいどうどう》と勝負《しょうぶ》、よ。リアル・ウィリアム・テルじゃない。こんなの、まともな神経《しんけい》でできるわけないじゃないの！」

葵《あおい》が、かりかりと怒《おこ》っている。

ウィリアム・テル……それは西洋《せいよう》に伝《つた》わる、伝説《でんせつ》の英雄《えいゆう》だ。弓《ゆみ》の名手《めいしゅ》であるウィリアム・テルが、最愛《さいあい》の息子《むすこ》の頭《あたま》にのせたリンゴを射《い》ぬくことができるかどうかで、圧政《あっせい》を敷《し》く王《おう》と勝負《しょうぶ》をしたという逸話《いつわ》。

「どう？　撃《う》てそう？　ヒロト」

悠《ゆう》が心配《しんぱい》そうに訊《き》いた。

「だ、だめだ……。手《て》のふるえが、止《と》めらんねえよ……」

大翔《ひろと》は手《て》をさしだした。

ぶるぶる、ぶるぶる、ふるえが止《と》まらない。これじゃ、まともに撃《う》てっこない。

「ど、どうしよう……」

3人《にん》は顔《かお》を見《み》あわせた。

だれもなにもいえずに、だまりこんだ。

あきらめようか？　……だれかがいいだしたら、みんな同意《どうい》したかもしれない。

たがいの顔《かお》をのぞきあったまま、時間《じかん》だけがすぎていく。

「──あと2分《ふん》」

叉鬼《またぎ》がいった。

「お、おれ、撃《う》てねえよ」

大翔《ひろと》はうつむいて、ぎゅっと目《め》をつぶった。

「2人《ふたり》にあたったら、大《おお》ケガさせちまう。そんなこと、できねえ……」

「……このまま家《いえ》に帰《かえ》るってこと？」

悠《ゆう》が訊《き》く。

大翔《ひろと》はぶんぶん首《くび》をふった。

「ぬ、抜《ぬ》け道《みち》なんか使《つか》わなくても、たどりつけるさ！」

「それはムリよ。ぜったい、とちゅうで鬼《おに》に捕《つか》まっちゃう。黒鬼《くろおに》の知《し》らない道《みち》をいかないかぎりは、とても進《すす》めないわ」

葵《あおい》がいった。悠《ゆう》がうなずく。

「荒井先生《あらいせんせい》だって、敵《てき》にみつからないように進《すす》めっていってたじゃないか。正面《しょうめん》からいくのは、喰《く》われにいくようなもんだよ」

「……じゃあ、2人《ふたり》は帰《かえ》っていい。おれ1人《ひとり》でいく」

「そういうことじゃないよ」

「そうよ。大翔《ひろと》1人《ひとり》だけいかせられるわけないでしょ」

「おれならだいじょうぶだ」

「だいじょうぶじゃないよ」

「もう忘《わす》れたの？　鬼祓《おにばら》いは、3人《にん》でやらなくちゃいけないのよ」

「じゃあ、じゃあどうすんだよ？　章吾《しょうご》は友達《ともだち》なんだ。このまま家《いえ》に帰《かえ》るなんていやだ！」

「だったら……」

「でも――悠《ゆう》も葵《あおい》も、友達《ともだち》なんだよ！」

大翔《ひろと》はこらえきれず、声《こえ》をしぼりだした。

「大事《だいじ》な仲間《なかま》なんだ！　こんなこと、させられねえよ！」

「…………」

「…………」

悠《ゆう》と葵《あおい》は、どちらからともなく、顔《かお》を見《み》あわせた。

ニッ……と、笑《わら》った。

こんなときだってのに。なんだか、うれしそうに。

「――あと1分《ぷん》」

叉鬼《またぎ》がいった。


「……ぼくはいやだよ。あきらめるのは」

悠《ゆう》がうなずいた。

「家《いえ》には帰《かえ》らない。3人《にん》一緒《いっしょ》に進《すす》む方法《ほうほう》を考《かんが》えるよ」

「あたしも、おじいちゃんの思《おも》いどおりになんてなりたくないわね」

葵《あおい》が鼻息《はないき》を吐《つ》いた。

「こんなやりかた、卑怯《ひきょう》よ。ほえづらかかせてやらないと、気《き》がすまない」

「悠《ゆう》、葵《あおい》。でも……」

「と、いうわけで、ぼくから提案《ていあん》なんだけどさ」

悠《ゆう》が、ニヤリと笑《わら》ってささやいた。

「……だましちゃわない？」

ちらっと叉鬼《またぎ》のほうをうかがってから、葵《あおい》に顔《かお》を寄《よ》せる。

ボソボソと耳打《みみう》ちしている。

「それしかないわね。……だましちゃいましょ」

聞《き》き終《お》えると、葵《あおい》はそういってうなずいた。

「なに、簡単《かんたん》にだませると思《おも》うわ。あたしたちの手《て》にかかればね」

「だよね」

ちらっと、2人《ふたり》して、叉鬼《またぎ》のほうに顔《かお》をむけている。

叉鬼《またぎ》は鍋《なべ》をかきまぜていて、こちらを気《き》にしていないようだ。

「だ、だますって、どうするんだよ……？」

大翔《ひろと》は訊《き》いた。

「なんのために修業《しゅぎょう》してきたと思《おも》ってるのよ。これを使《つか》うの」

と、葵《あおい》はそっとバッグをさぐって、札《ふだ》と筆《ふで》ペンをとりだした。

さらさらと書《か》きつけて、大翔《ひろと》に見《み》せる。

札《ふだ》には、こう書《か》かれていた。

『必中《ひっちゅう》』


「かならず命中《めいちゅう》するって意味《いみ》よ」

葵《あおい》は、ニヤリと笑《わら》った。

「この呪符《じゅふ》を貼《は》れば、狙《ねら》ったマトに、かならず命中《めいちゅう》させることができるってわけ」

悠《ゆう》に手《て》わたした。

悠《ゆう》はひたいに札《ふだ》をあてて、小声《こごえ》でぶつぶつとつぶやいている。

「で、でも、それってズルじゃねえか……？」

不正《ふせい》をしたら、即負《そくま》けなんじゃ？

「バレなきゃいいのよ。むこうだってズルいんだから、おあいこでしょ」

「だいじょうぶ。ぜんぜん気《き》づいてないよ」

葵《あおい》と悠《ゆう》がうんうんうなずく。

叉鬼《またぎ》は鼻歌《はなうた》を歌《うた》いながら、煮《に》たった鍋《なべ》をかきまぜている。

悠《ゆう》が、大翔《ひろと》の右腕《みぎうで》の袖《そで》をめくった。

ペタリと札《ふだ》を貼《は》って、袖《そで》をもどす。

「これで100%《パーセント》、マトにあたるよ」

「大翔《ひろと》は、リラックスして撃《う》てばいいだけね」

「肩《かた》の力抜《ちからぬ》いて」

「深呼吸《しんこきゅう》してね」

大翔《ひろと》はそうした。2人《ふたり》は笑《わら》った。

「――時間《じかん》だ。して、結論《けつろん》は？」

叉鬼《またぎ》がベランダからおりて、大翔《ひろと》たちを見《み》まわした。

悠《ゆう》と葵《あおい》は、フフッと笑《わら》った。

ぽん、ぽん、と大翔《ひろと》の肩《かた》をたたくと、もとの位置《いち》にもどってならんだ。

「棄権《きけん》はしないよ」

「するわけないわ」

「負《ま》けてほえづらかかないでよ、おじいちゃん」

「あとからぐちぐちいわないでよね」

頭《あたま》のうえにリンゴをのせて、ピシリと気《き》をつけする。

「ふぇっふぇっ。愚《おろ》かな子供《こども》たちよ。さて、どうなるか、見《み》ものだの。目《め》が見《み》えなくなるか、ひたいがわれるか……。怖《こわ》い、怖《こわ》いのう？　んん？」

「怖《こわ》いわけないじゃん」

「脅《おど》してもムダだってのよ」

2人《ふたり》が、べっ、と舌《した》をだす。

「……では、撃《う》つがいい」

大翔《ひろと》はうなずいた。

スリングショットをかまえた。

手《て》のふるえは、すっかりおさまっていた。どころか、腕《うで》が羽《はね》のようにかるい。

大翔《ひろと》は石《いし》をつがえると、ベルトをひき絞《しぼ》った。

悠《ゆう》が気《き》をつけして、こちらをむいている。

じっと、大翔《ひろと》をみつめている。たのんだよ、って。

——撃《う》った。

バシュッ！

悠《ゆう》の頭《あたま》にのったリンゴが、はじけ飛《と》んだ。
悠《ゆう》が首《くび》をすくめて息《いき》をついた。
頭《あたま》には、傷《きず》一《ひと》つついていない。
「これで1対《たい》1。ではワシの番《ばん》じゃの」
叉鬼《またぎ》は大翔《ひろと》の横《よこ》にならぶと、弓《ゆみ》に矢《や》をつがえた。
叉鬼《またぎ》がはずせば、自動的《じどうてき》に大翔《ひろと》たちの勝《か》ちだ。
ひき絞《しぼ》って射《い》た。

スコンッ！

ケルベロスの右頭《みぎあたま》にのせられたリンゴを、矢《や》が貫《つらぬ》いた。

ケルベロスはあくびをしている。

「これで2点《てん》。さあ、ぬしの番《ばん》だ。撃《う》ちぬけばぬしの勝《か》ち、はずせばワシの勝《か》ち」

大翔《ひろと》は石《いし》をつがえると、ベルトをひき絞《しぼ》った。

いくぜ。葵《あおい》にウインクしてみせる。

葵《あおい》はこたえず、大翔《ひろと》の手《て》もとをみつめている。じっと。

——撃《う》った。


バシュッ！


葵《あおい》の頭《あたま》にのったリンゴが、粉々《こなごな》にくだけ散《ち》った。

「……やるのう。まさか、両方《りょうほう》撃《う》ちぬくとは」

叉鬼《またぎ》が拍手《はくしゅ》した。

悠《ゆう》と葵《あおい》は、顔《かお》をリンゴの果汁《かじゅう》でぬらしながら、突《つ》ったっている。とうぜん、ケガなんてしていない。

2人《ふたり》は、ずるずると地面《じめん》にへたりこんだ。

放心《ほうしん》したように抱《だ》きあっている。

叉鬼《またぎ》が2人《ふたり》を見《み》て、おもしろそうに笑《わら》った。

「ぬしらをあまくみておったわ。まさかこのゲームでワシに勝《か》つとはな。見事《みごと》なものよ。

正々堂々《せいせいどうどう》、よくぞ戦《たたか》った」

正々堂々《せいせいどうどう》……。

その言葉《ことば》に、大翔《ひろと》は顔《かお》をあげた。

叉鬼《またぎ》は楽《たの》しそうに笑《わら》っている。満足《まんぞく》したように。

「ワシの負《ま》けだ」

叉鬼《またぎ》はうなずいた。

「約束《やくそく》どおり、抜《ぬ》け道《みち》を案内《あんない》してやろう」

「……ちょっと、待《ま》ってくれ」

大翔《ひろと》は口《くち》をひらいた。

4

道案内《みちあんない》は、ケルベロスのケルがしてくれた。

うっそうとした森《もり》のなかを、右《みぎ》に折《お》れ、左《ひだり》に折《お》れ、先導《せんどう》して走《はし》っていく。シッポをふりふり先《さき》へ進《すす》むと、ふりかえってキャンキャンキャンッとほえる。

大翔《ひろと》たちは、あとを追《お》ってかけた。

ケルのあとについていけば、ワナにもほかの鬼《おに》にもでくわさない。実際《じっさい》、もうしばらく走《はし》っているのに、鬼《おに》の気配《けはい》はなかった。

「……ヘンな鬼《おに》だったなあ」

走《はし》りながら、大翔《ひろと》はまた首《くび》をかしげた。

叉鬼《またぎ》は抜《ぬ》け道《みち》を教《おし》えてくれたばかりか、犬笛《いぬぶえ》まで貸《か》してくれた。なにかあったら使《つか》うがいい、といって。

「よくとおしてくれたよな。こっちはズルしたってのに」

大翔《ひろと》は、不思議《ふしぎ》そうに首《くび》をひねっている。

＊　＊　＊

あのあと。

(ほんとは、この札《ふだ》の力《ちから》なんだ)

大翔《ひろと》は結局《けっきょく》、そう告白《こくはく》したのだった。

右腕《みぎうで》の袖《そで》をめくり、『必中《ひっちゅう》』の札《ふだ》を叉鬼《またぎ》に見《み》せた。

いいださなければ、バレなかったかもしれない。けれど、それはできなかった。

男《おとこ》の勝負《しょうぶ》に、ズルして勝《か》った。そのまま進《すす》むわけにはいかないと思《おも》った。

(おれの力《ちから》じゃない。この札《ふだ》の力《ちから》で、あてられただけなんだ。不正《ふせい》をしたから、おれたちの負《ま》けだ。……ごめんなさい)

(……だまっておれば、わかるまいに。ぬしは本当《ほんとう》に、バカだの)

叉鬼《またぎ》は、おかしそうに笑《わら》った。

大翔《ひろと》はせいいっぱい、頭《あたま》をさげた。

（ごめんなさい。でも、おねがいだ！　道《みち》を教《おし》えてほしい。おれたちは、先《さき》へ進《すす》まなきゃいけないんだ）

（…………）

（章吾《しょうご》をほうっておくわけにはいかない。このままだと、あいつ本当《ほんとう》に鬼《おに》になっちまう。喰《く》われたりしない。ぜってえ、負《ま》けねえ！　ぶん殴《なぐ》って、連《つ》れ帰《かえ》る！）

じっと、叉鬼《またぎ》の目《め》をのぞきこんだ。

叉鬼《またぎ》も大翔《ひろと》を見《み》かえした。

（友達《ともだち》を、助《たす》けたいんだ！）

（……それが、ぬしのこたえか。ふぇっふぇっふぇ。若《わか》い。若《わか》いのう）

叉鬼《またぎ》は笑《わら》った。

大翔《ひろと》は目《め》をそらさない。

（かんちがいするな。ワシの負《ま》けは変《か》わらぬ。ぬしらの力《ちから》に、ワシは負《ま》けた。それだけの

ことよ。己《おのれ》が道《みち》に生《い》きるうちに遠《とお》くおきのこした……友情《ゆうじょう》の力《ちから》か。悪《わる》くはない)
叉鬼《またぎ》は、遠《とお》くを見《み》るように目《め》をほそめた。感情《かんじょう》をうつさない鬼《おに》の目玉《めだま》が、一瞬《いっしゅん》だけ、人間《にんげん》の目《め》に見《み》えた。
叉鬼《またぎ》は目隠《めかく》しを巻《ま》きなおすと、しずかに笑《わら》った。
(老兵《ろうへい》はただ去《さ》りゆくのみ。進《すす》むがよいわ)

＊＊＊

「じーさん、最後《さいご》はやさしかったな。へへっ。おれのスポーツマンシップのおかげかな?」

大翔《ひろと》は、得意《とくい》そうに鼻《はな》の下《した》をなでた。

「ズルしたけど、正直《しょうじき》に告白《こくはく》したから、かえって印象《いんしょう》が良《よ》くなったってやつ。ほら、アメリカの、なんとかって大統領《だいとうりょう》の話《はなし》でもあるだろ? ウソを正直《しょうじき》に告白《こくはく》したら、褒《ほ》められた話《はなし》さ」

「あ、そのへん計算《けいさん》してたの? 悪《あく》どい、ヒロト悪《あく》どい」

「計算《けいさん》なんてしてないよ。ただ、そうなったらいいなあって」

「ジョージ・ワシントンの逸話《いつわ》は、つくり話《ばなし》ともいわれてるけどね」

言葉《ことば》を交《か》わしあいながら、３人《にん》は走《はし》っていく。

霧《きり》がただよいはじめた。

目的地《もくてきち》が近《ちか》づくにつれて、どんどん濃《こ》くなっていく。

「……と、いうかね」

悠《ゆう》がつぶやいた。

「ぼくらが札《ふだ》を貼《は》ったこと、最初《さいしょ》から気《き》づいてたと思《おも》うよ、あのヒト」

「え？　ほんと？」

大翔《ひろと》はおどろいた。葵《あおい》がうなずく。

「気《き》づいてたでしょうね。狩人《かりうど》の観察力《かんさつりょく》ってすごいもの。それにあのおじいちゃん、素直《すなお》にあやまったらゆるしてくれる……なんてタイプでもないでしょ。ズルしてたら、怒《おこ》って喰《く》われちゃってたかもね」

「そのへん、きびしそうなヒトだったもんね……」

葵《あおい》と悠《ゆう》が顔《かお》を見《み》あわせ、うんうんとうなずきあっている。

「……ズルしてたらって？」

大翔《ひろと》は、首《くび》をかしげた。

「ズルしてたじゃないか」

「ううん。ズルなんてしてないよ？」

「してないわね。だから、べつにあやまる必要《ひつよう》もなかったのよね」

悠《ゆう》と葵《あおい》がそういった。

大翔《ひろと》は首《くび》をひねった。

「だって、呪符《じゅふ》、貼《は》ったじゃないか」

「貼《は》ったわね」

「貼《は》ったね」

「『必中《ひっちゅう》』の呪符《じゅふ》、おれの手《て》に。貼《は》ったろ？」

「貼《は》った」

「貼《は》った貼《は》った」

「それって、ズルだろ？」

「じつは、ないのよね」

葵《あおい》が肩《かた》をすくめた。話《はなし》が見《み》えない。

「ないって、なにが？」

「『必中《ひっちゅう》』なんて呪符《じゅふ》は、ないの」

大翔《ひろと》は足《あし》を止《と》めた。

パチパチとまばたきして、悠《ゆう》と葵《あおい》をみつめた。

2人《ふたり》は澄《す》ましている。

「あのとき、悠《ゆう》に耳打《みみう》ちされたのよね」

葵《あおい》が指《ゆび》をたてた。

『ヒロトに自信《じしん》をとりもどさせよう！　それっぽい呪符《じゅふ》をつくるふりしてさ。ふだんの力《ちから》さえだせれば、ヒロトならぜったい、はずさないはずだよ！』

「だから、札《ふだ》にテキトーな文字《もじ》を書《か》いて」

「念《ねん》じてるふりして、貼《は》ったんだ」

大翔《ひろと》は、ぽかんとして右腕《みぎうで》の袖《そで》をまくった。

「で、でも、あのとき、いってたじゃないか。だましちゃおうって……」

「いったわね」

「いったね」

「でもそれは、叉鬼《またぎ》をだましちゃおう、じゃなくて」

「ヒロトを、だましちゃおう」

「おじいちゃん相手《あいて》はむずかしくても、大翔《ひろと》のほうなら、簡単《かんたん》にだませると思《おも》ったから」

「ヒロトがバカでよかったよね」

顔《かお》を見《み》あわせ、うなずきあっている。

大翔《ひろと》は口《くち》もとをひきつらせた。

「じゃあ、じゃあ……」

「いやあ〜、めちゃくちゃドキドキして、たってたのよ？　顔《かお》にでもあたってたら、この葵《あおい》ちゃんの美貌《びぼう》が台無《だいな》しだったもの」

「目《め》にあたっちゃったらどうしよう……って、ビクビクしながらたってたんだよ～」

「それなのに大翔《ひろと》はウインクとかしてくるし。ぶん殴《なぐ》ってやろうかと思《おも》った」

「でもまあ、結果《けっか》オーライだったね」

右手《みぎて》に貼《は》られた『必中《ひっちゅう》』の札《ふだ》をなで、口《くち》もとをひきつらせて立《た》ちつくしている大翔《ひろと》に。

2人《ふたり》は、ニコッと笑《わら》って、口《くち》をそろえた。


「それ、ただの紙《かみ》きれなの」

「正真正銘《しょうしんしょうめい》、大翔《ひろと》が、自分《じぶん》で撃《う》ったんだよ」


……卒倒《そっとう》しそうだった。

今日《きょう》は誕生日《たんじょうび》

ハッピバースデー　トゥー　ユー♪
ハッピバースデー　トゥー　ユー♪
ハッピバースデー　ディア　黒鬼《くろおに》くーん♫
ハッピバースデー　トゥー　ユー♪

耳障《みみざわ》りな合唱《がっしょう》がひびく、部屋《へや》のなか。

彼《かれ》は、眠《ねむ》りから目《め》を覚《さ》ました。

明《あ》かりはなく、真《ま》っ暗《くら》な闇《やみ》が部屋《へや》によどんでいる。

目《め》がなれず、なにも見《み》えないが、たくさんの気配《けはい》が満《み》ちているのはわかる。

自分《じぶん》はだれなんだっけ？

考《かんが》えてみるけれど、思《おも》いだせない。

どうしてここにいるんだっけ？

思《おも》いだせない。


「やあ、目《め》が覚《さ》めたようだね。お誕生日《たんじょうび》おめでとう」

貼《は》りつけたようなニコニコ顔《がお》が、彼《かれ》をのぞきこんだ。

「だいじょうぶ。じょじょに意識《いしき》が覚醒《かくせい》してくるよ。生《う》まれたばかりだから、混乱《こんらん》しているんだ。まずはローソクの火《ひ》をふき消《け》そう」

彼《かれ》の目《め》の前《まえ》に、ケーキをさしだす。
彼《かれ》は体《からだ》を動《うご》かそうとしたが、うまくいかなかった。
床《ゆか》のうえに寝《ね》かされて、四肢《しし》を黒鎖《くろくさり》でつながれているからだ。
ニコニコ顔《がお》は、ローソクのはいった箱《はこ》をカシャカシャとふった。

「ローソクは、何本《なんぼん》たてる？」

——この鎖《くさり》をはずせ。

「自分《じぶん》ではずせるはずだよ。鬼《おに》として、きちんと覚醒《かくせい》できればね」

ニコニコ顔《がお》がこたえる。
彼《かれ》は体《からだ》を動《うご》かそうとしたが、やはりうまくいかなかった。

——俺《おれ》の名前《なまえ》は、なんていうんだ？

「キミの名前《なまえ》は、黒鬼《くろおに》だよ」

ニコニコ顔《がお》がこたえる。こいつキライだと思《おも》った。喰《く》ってやろうか。

——ほかに名前《なまえ》があったはずだ。

「ないよ」

——あったはずだ。

「ないよ」

…………。

「ほかに質問《しつもん》はあるかい？」

——俺《おれ》の大切《たいせつ》な人《ひと》たちは、どこにいるんだ？

「キミにそんな人《ひと》たちはいないよ」

——いるよ。

「いないよ」

——いるよ。

「いないよ」

——友達《ともだち》と、家族《かぞく》がいるよ。

「家族《かぞく》？　ああ、お母《かあ》さんのこと？」

お母《かあ》さん。

その言葉《ことば》を聞《き》いたとたん、彼《かれ》の胸《むね》の奥《おく》で、なにかがうずいた。
鬼《おに》となって、氷《こおり》のように冷《つめ》たくなった体《からだ》のなかで、わずかにのこったあたたかいものだ。

——お母《かあ》さんは、どこにいるんだ？

「病院《びょういん》だよ」

——お母《かあ》さんに、会《あ》わせてほしい。


「ボクが会《あ》ってきたよ。キミが眠《ねむ》っているあいだに、お見舞《みま》いにいってきたんだ」

彼《かれ》の前《まえ》に、分厚《ぶあつ》くふくらんだ封筒《ふうとう》がさしだされた。

彼《かれ》は手《て》をのばそうとしたが、やはり、かなわない。

天井《てんじょう》や壁《かべ》には、闇《やみ》がうごめいている。

ギョロギョロ……無数《むすう》の目玉《めだま》や口《くち》がうごめいて、興味深《きょうみぶか》そうに彼《かれ》を見下《みお》ろしている。

「キミの写真《しゃしん》、たくさん撮《と》ったろう？」

ニコニコ顔《がお》は、周囲《しゅうい》の様子《ようす》なんて気《き》にもせずつづけた。

「子供《こども》が成長《せいちょう》していく姿《すがた》、親《おや》ならさぞかし気《き》になるだろうと思《おも》ってね。プリントアウトしたものを、キミのお母《かあ》さんに見《み》せてあげたんだ。ほら、これだよ」

封筒《ふうとう》から、バサッと紙束《かみたば》がぶちまけられた。

プリント用紙《ようし》には、彼《かれ》だったものの姿《すがた》が印刷《いんさつ》されている。何十枚《なんじゅうまい》も。

はじめはただの、人間《にんげん》の子供《こども》。

そこに鉤爪《かぎづめ》が生《は》え、牙《きば》が生《は》え……ゆっくりと、じわりじわりと、バケモノに変《か》わっていくところ。

「最愛《さいあい》の息子《むすこ》が、立派《りっぱ》な鬼《おに》に育《そだ》っていく成長《せいちょう》の過程《かてい》だよ」

声《こえ》は笑《わら》っている。

「お母《かあ》さん、よろこぶと思《おも》ってね。見《み》せてあげたんだ……」

彼《かれ》はぶるぶると首《くび》をふった。

「どうなったと思《おも》う？」

彼《かれ》は首《くび》をふった。

「お母《かあ》さん、見《み》たとたん、顔色《かおいろ》が真《ま》っ青《さお》になっちゃったんだ……。うふふ。胸《むね》を押《お》さえて、苦《くる》しみだしちゃったんだ……。うふふ。緊急手術《きんきゅうしゅじゅつ》になっちゃったんだ。それでね」

彼《かれ》は首《くび》をふった。

全身《ぜんしん》が、たちまち氷《こおり》のように冷《つめ》たくなっていく。あたたかいものが消《き》えていく。

ニコニコ顔《がお》。壁《かべ》にうごめく口《くち》たち。

声《こえ》をそろえた。

『キミのお母《かあ》さんは、しんじゃったよ☠』

鎖《くさり》がはじけ飛《と》んだ。彼《かれ》は鉤《かぎ》爪《づめ》を突《つ》きだした。

ハッピーバースデーの歌《うた》がひびきわたっていく。

＊　＊　＊

大翔《ひろと》たちがようやく森《もり》を抜《ぬ》けると、そこは深《ふか》い霧《きり》につつまれていた。

霧《きり》と一緒《いっしょ》に、ただならぬ気配《けはい》がただよっている。大翔《ひろと》は身《み》ぶるいした。

悠《ゆう》でなくてもわかる。いやな予感《よかん》がする。すごく、すごくいやな予感《よかん》が。


いく先《さき》から、咆哮《ほうこう》が聞《き》こえてきた。

人間《にんげん》のものじゃない、鬼《おに》の声《こえ》。

絶望《ぜつぼう》の咆哮《ほうこう》。


ケルがシッポを股《また》のあいだにはさみ、ぶるぶるとふるえはじめた。

悠《ゆう》と葵《あおい》が真《ま》っ青《さお》な顔《かお》をしてたちすくむ。

「いくぞ」

大翔《ひろと》は拳《こぶし》をにぎりしめた。

「待《ま》ってろ、章吾《しょうご》」

霧《きり》につつまれたなかを、子供《こども》たちはまっすぐに進《すす》んでいった。

第《だい》10弾《だん》につづく……

集英社みらい文庫

絶望鬼《ぜつぼうおに》ごっこ

ねらわれた地獄狩《じごくが》り

針《はり》とら 作

みもり 絵

ファンレターのあて先
〒101-8050 東京都千代田区一ツ橋2-5-10 集英社みらい文庫編集部
いただいたお便りは編集部から先生におわたしいたします。

2017年11月29日 第1刷発行
2020年 4 月14日 第6刷発行

発行者 北畠輝幸
発行所 株式会社 集英社
〒101-8050 東京都千代田区一ツ橋2-5-10
電話 編集部 03-3230-6246
読者係 03-3230-6080
販売部 03-3230-6393(書店専用)
http://miraibunko.jp
装丁 +++ 野田由美子 中島由佳理
印刷 凸版印刷株式会社
製本 凸版印刷株式会社

★この作品はフィクションです。実在の人物・団体・事件などにはいっさい関係ありません。
ISBN978-4-08-321404-2 C8293 N.D.C.913 186P 18cm

教室《きょうしつ》は何《なに》かがちがう!!!!

小《しょう》6の仙道《せんどう》ヒカルは目《め》ざめると教室《きょうしつ》にいた。
問題《もんだい》に正解《せいかい》しなければ、永遠《えいえん》にでられない――迷宮教室《めいきゅうきょうしつ》。
ここでは学校《がっこう》で教《おし》えてくれない「恐怖《きょうふ》の授業《じゅぎょう》」が行《おこな》われる。
7人《にん》の同級生《どうきゅうせい》と力《ちから》を合《あ》わせてヒカルはここからでられるか!?

学校《がっこう》、教室《きょうしつ》、先生《せんせい》、テスト…　この

オリジナル新作《しんさく》
第《だい》8回《かい》 集英社《しゅうえいしゃ》
みらい文庫《ぶんこ》大賞《たいしょう》
優秀賞《ゆうしゅうしょう》受賞《じゅしょう》!

あいあはらしゅう・作　肘原《ひじはら》えるぼ・絵

迷《めい》宮《きゅう》教《きょう》室《しつ》

出口《でぐち》のない悪魔《あくま》小《しょう》学校《がっこう》

2020年《ねん》4月《がつ》24日《か》金《きん》発売《はつばい》!!!

信《しん》じて泳《およ》げ!!!
こんなお話《はなし》
中学《ちゅうがく》に入学《にゅうがく》早々《そうそう》、小学生《しょうがくせい》の頃《ころ》から好《す》きだった真央《まお》さんから水泳部《すいえいぶ》に誘《さそ》われた
水泳部《すいえいぶ》を助《たす》けて!!
オレはスポーツならなんでも得意《とくい》な完全体育男子《パーフェクトスポーツマン》。
真央《まお》さんのためならなんだって助《たす》けになりたい!だけど……
だけど水泳《すいえい》だけはドヘタクソなんだよおおお
犬《いぬ》かきしかできないオレだけど逃《に》げてばかりはイヤだ!
泳《およ》げないオレを信《しん》じてくれる仲間《なかま》たちといっしょに水泳部《すいえいぶ》を廃部《はいぶ》の危機《きき》から助《たす》けるんだ!

「みらい文庫《ぶんこ》」読者《どくしゃ》のみなさんへ

言葉《ことば》を学《まな》ぶ、感性《かんせい》を磨《みが》く、創造力《そうぞうりょく》を育《はぐく》む……、読書《どくしょ》は「人間力《にんげんりょく》」を高《たか》めるために欠《か》かせません。たった一枚《いちまい》のページをめくる向《む》こう側《がわ》に、未知《みち》の世界《せかい》、ドキドキのみらいが無限《むげん》に広《ひろ》がっている。これこそが「本《ほん》」だけが持《も》っているパワーです。

学校《がっこう》の朝《あさ》の読書《どくしょ》に、休《やす》み時間《じかん》に、放課後《ほうかご》に……。いつでも、どこでも、すぐに続《つづ》きを読《よ》みたくなるような、魅力《みりょく》に溢《あふ》れる本《ほん》をたくさん揃《そろ》えていきたい。読書《どくしょ》がくれる、心《こころ》がきらきらしたり胸《むね》がきゅんとする瞬間《しゅんかん》を体験《たいけん》してほしい、楽《たの》しんでほしい。みらいの日本《にほん》、そして世界《せかい》を担《にな》うみなさんが、やがて大人《おとな》になった時《とき》、「読書《どくしょ》の魅力《みりょく》を初《はじ》めて知《し》った本《ほん》」「自分《じぶん》のおこづかいで初《はじ》めて買《か》った一冊《いっさつ》」と思《おも》い出《だ》してくれるような作品《さくひん》を一所懸命《いっしょけんめい》、大切《たいせつ》に創《つく》っていきたい。

そんないっぱいの想《おも》いを込《こ》めながら、作家《さっか》の先生方《せんせいがた》と一緒《いっしょ》に、私《わたし》たちは素敵《すてき》な本作《ほんづく》りを続《つづ》けていきます。「みらい文庫《ぶんこ》」は、無限《むげん》の宇宙《うちゅう》に浮《う》かぶ星《ほし》のように、夢《ゆめ》をたたえ輝《かがや》きながら、次々《つぎつぎ》と新《あたら》しく生《う》まれ続《つづ》けます。

本《ほん》を持《も》つ、その手《て》の中《なか》に、ドキドキするみらい──。本《ほん》の宇宙《うちゅう》から、自分《じぶん》だけの健《すこ》やかな空想力《くうそうりょく》を育《そだ》て、〝みらいの星《ほし》〟をたくさん見《み》つけてください。そして、大切《たいせつ》なこと、大切《たいせつ》な人《ひと》をきちんと守《まも》る、強《つよ》くて、やさしい大人《おとな》になってくれることを心《こころ》から願《ねが》っています。

２０１１年《ねん》　春《はる》

集英社《しゅうえいしゃ》みらい文庫編集部《ぶんこへんしゅうぶ》